다행히도
재주 없어

나만
홀로
한가롭다

— 안대회가
선택한
152편의
한시

다행히도
재주 없어

나만
홀로
한가롭다

산처럼

152편의 한시를 번역하고 풀이해 한 권의 선집으로 엮어 낸다. 고려시대부터 20세기 현대까지 우리의 시인들이 쓴 아름답고 빼어난 작품을 뽑아 한 편 한 편 간명하게 해설을 덧붙였다. 본디 일간지에 「가슴으로 읽는 한시」라는 제목으로 몇 년 동안 연재한 원고를 수정하고 정리한 것이다.

흔히 '좋은 작품'이라 하면 널리 읽히거나 정평을 누리는 선집에 수록되어 독자들 사이에서 오랜 세월 명작으로 꼽혀 온 작품을 가리킨다. 문학사에는 그에 속하는 작품 목록이 형성되어 있어 독자의 시를 읽는 안목과 태도에 끊임없이 영향을 끼쳐 왔다. 역사적 비중과 작가의 역량을 두루 평가해 형성된 목록인 만큼 무시 못 할 권위를 지닌다. 그런 목록이 필요하고 독서에 도움을 준다는 점을 인정하지 않을 수 없다.

하지만 이 선집은 그런 목록을 고려하지 않았다. 아니, 그보다는 일부러 그 목록에서 벗어나고자 했다. 옛사람이 만들어 놓은 작품 목록이 오히려 굴레일 수 있어 필자만의 안목과 기준으로 작품을 뽑고 이해하고자 했다. 안목과 기준이 유별나고 특별한 것은 아니다. 시인이 살아가면서 겪은 희로애락을 시인만의 절실한 체험으로 녹여 낸 작품을 찾고자 했으며, 그런 작품이라면 수백 년의 시간이 흘러도 독자가 공감할 만한 풍경과 감성이 배어 있을 것이라고 믿었다. 그래서 삶의 절실한 체험을 체계나 균형보다 더 중요하게 생각했고, 그 생각으로 많고 많은 옛 시인의 한시집과 관련 자료들을 뒤지고 더듬었다.

시를 읽으면서 필자의 가슴에 짙은 울림을 준 작품을 한 편 한 편 골랐다. 그러다 보니 문학사에 이름을 올린 저명 시인은 물론, 이름 한 자 적히지 않은 무명 시인의 시까지 참으로 소중한 작품을 적지 않게 찾아냈다. 152편의 작품을 펼쳐 놓고 보니 지금까지 세상에 나온 여러 시선집과는 다른 새로운 목록과 빛깔을 가진 선집으로 만들어졌다. 수록한 시 가운데 상당수가 지금까지 주목받지 못했던 낯선 작품이다.

152편의 시는 삶을 큰 줄기로 잡아 '기승전결起承轉結' 4부로 편집했다. 무언가 중요한 바를 말할 때 "기승전○○이야"라는 표현이 유행한 적이 있고, 현 시대 젊은이들의 사랑 이야기를 담은 아이돌그룹 방탄소년단(BTS)의 음반 시리즈 제목이 「기승전결」인 것에서 알 수 있듯이, '기승전결'은 교실 밖을 나와 어렵지 않은 개념으로 널리 쓰이고 있다.

그런데 본디 기승전결은 일정한 형식을 갖춘 한시를 설명하는 매우 오래된 원리다. 원대元代의 시론가 양재楊載가 지은 『시법가수詩法家數』 이래 기승전결은 처음과 중간과 끝이 유기적으로 잘 구성된 시의 구조를 설명하는 원리로 굳어졌다. 이 개념이 나중에는 점차 질서가 잘 갖추어진 구조를 설명하는 일반 개념으로 널리 쓰였다. 시작과 끝이 있고, 그 중간에 희로애락이 부침하는 인생 구조를 설명할 때도 이 개념이 사용되곤 한다.

이 책에서는 기승전결 구조를 의식해, 삶을 대하는 감정 기복의 과정에 맞추어 슬픔·갈등에서부터 기쁨·안정으로 자리 잡아 가는 인생 여정을 기준으로 작품을 분류하고 순서를 배열했다. 다만 기승전결 구조를 시에 기계적으로 적용하면 융통성 없는 억지가 되기 쉬운 것처럼, 작품의 배열 또한 기계적으로 적용하지 않았다. 인생 자체가 굴곡이 있고 부침이 있게 마련이므로 그렇게 배열하는 것이 자연스럽기도 하다.

한시는 어떤 장르보다도 옛사람의 삶과 체험과 생각을 다양하고 다채롭게 보여 준다. 다만 한시의 독특한 표현법과 한문이라는 고전적 언어의 장벽이 가로놓여 있어 그 세계로 자유롭게 건너가기가 어렵다. 번역과 해설을 통해 그 간격을 바짝 좁히고자 노

력했다. 정형시인 한시의 구조를 적지 않은 작품에서 변화를 주어
자유시처럼 읽히도록 한 것도 그런 노력의 하나다. 이 선집에서
새롭게 선보인 여러 시도를 통해 한시가 낯설고 낡았다는 인상을
벗고 독자들에게 산뜻하게 다가갈 수 있기를 기대해 본다.

2018년 12월 15일

안대회

차례

책을 내면서 • 4

제1부 기(起) : 삶과 사랑을 묻다

새해 첫날(元日)_서거정 • 18

열두 고개(十二峙謠)_이서우 • 20

골목길(衚衕絶句)_이언진 • 22

눈 오는 밤 홀로 앉아(雪夜獨坐)_김수항 • 24

멋대로 읊다(浪吟)_박수량 • 26

동전에 관하여(詠錢)_신석우 • 28

이 잡는 할머니(路旁有老媼 抱兒曝陽 理頭捫蝨 感而賦之)_남구만 • 30

어부가(漁謳)_목만중 • 32

겨울(冬)_김극기 • 34

흥인문에 올라(登興仁門樓)_이희 • 36

강가의 누각에서(江樓有感)_홍직필 • 38

서성대는 인생(逍遙)_이희사 • 40

외로운 밤(獨夜)_이응희 • 42

6월 23일 취해서(六月二十三日醉)_이덕무 • 44

혹독한 더위(酷熱)_안축 • 46

임계역(臨溪驛)_어세겸 • 48

객지의 밤 가을의 상념(旅夜秋思)_이우신 • 50

객지에서(客懷)_이달 • 52

서울에 살고부터(京國)_여춘영 • 54

갑술년 가을(甲戌秋)_이충익 • 56

철원에서(鐵原)_김창립 • 58

밀양에 들어섰다(入抵密陽)_홍신유 • 60

꽃의 넋두리(花魂)_정지윤 • 62

임은 하늘로(悼亡)_박지원 • 64

무제(無題)_운향각 • 66

황혼 무렵 홀로 앉아(偶吟)_죽서 박씨 • 68

석류꽃(石榴花)_신유한 • 70

오동나무(詠梧桐)_울산 이씨 • 72

강 언덕 저녁 산보(江皐夕步)_이서구 • 74

산사에서 공부하는 동생에게(端甫肄業山寺有寄)_허난설헌 • 76

제2부 승(承): 삶을 살아내다

한 해를 보내며(次古韻)_이익 • 80

『한국통사』를 읽고(讀痛史)_이건승 • 82

8월 15일(十五日)_이색 • 84

어린 딸(幼女)_이명오 • 86

문안편지(寄家書)_이안눌 • 88

이사(移家)_정도전 • 90

서울을 떠나며(發洛城)_강세진 • 92

강마을(江村)_신익전 • 94

딱따구리(峽行雜絶)_강진 • 96

공주 우거에서(蔘寓雜律)_서명인 • 98

밤에 앉아(夜坐)_심헌지 • 100

내가 사는 법(卽事)_정경세 • 102

서울 길에서 벗을 만나다(戲贈周卿丈)_조지겸 • 104

가을 뜻(秋意)_성여학 • 106

눈 속에서 홀로 술을 마시고(雪裏獨酌)_이진망 • 108

인제 가는 길(麟蹄道中)_이광찬 • 110

시골 마을 꽃(村花)_이광현 • 112

매화(梅)_이광려 • 114

매화가 지고 달이 찼다(梅落月盈)_박제가 • 116

되게 추운 날(極寒)_박지원 • 118

갑산과 헤어지고(別夷山)_이충익 • 120

눈밭에 쓴 편지(雪中訪友人不遇)_이규보 • 122

단풍바위 아래 고요한 서재(楓岩靜齋秋詞)_남극관 • 124

성근 울타리(疎籬)_신택권 • 126

신창 가는 길(新昌道中)_김익 • 128

동지 후 한양에 들어와 자다(至後入城宿版泉)_남상교 • 130

소나무(雜詩)_이황중 • 132

나루터에서 배를 다투다(觀競渡者有感)_신익전 • 134

새해를 맞아(新年得韻)_최익현 • 136

아버지 소식(得寧衙消息)_최성대의 누이동생 • 138

봄날에 그대 기다리네(春日待人)_송희갑 • 140

처녀 적 친구에게(寄女伴)_허난설헌 • 142

찬바람 부는 새벽(二十六日 陰風寒 曉枕口占)_유경종 • 144

산거(山居)_허경윤 • 146

과천 집 뜰에서는(果寓即事)_김정희 • 148

밤비(夜雨)_윤기 • 150

눈(雪)_정창주 • 152

12월 7일의 일기(初七日戊子)_유만주 • 154

제3부 전(轉) : 삶이 다가오다

내 생애(偶吟)_조석주 • 158

한가하다(閒中 效鍾伯敬江行俳體)_홍신유 • 160

낙지론 뒤에 쓴다(題樂志論後)_안정복 • 162

박대이에게(贈朴仲說大頤)_정두경 • 164

해포에서(蟹浦)_이산해 • 166

달밤에 탁족하기(月夜濯足)_정학연 • 168

동대문을 나서다(出東郭)_김진항 • 170

제목을 잃어버린 시(失題)_김가기 • 172

섬강에서(蟾江)_정범조 • 174

어화(漁火 拈杜韻)_정약전 • 176

땅거미 질 무렵 채소밭을 둘러보다(薄暮巡園)_정언학 • 178

비가 갰다(新晴)_이광덕 • 180

낙화(題僧軸)_임유후 • 182

가볍게 짓다(漫題)_권필 • 184

표암댁(豹菴宅)_이광려 • 186

정남 생일에 장난삼아 쓴다(井男生日戱題)_이항복 • 188

달력(題時憲書)_강진 • 190

꽃을 보며(看花)_박준원 • 192

꽃씨(題錫汝壁 錫汝自燕京 買草花種一囊而來)_이정주 • 194

단풍(紅葉)_김시습 • 196

낙엽시(落葉詩)_신위 • 198

거니촌 노인네(車泥村叟)_이인상 • 200

마포에 노닐다(游西湖)_이우신 • 202

비 갠 저녁(晚晴)_이건창 • 204

추석(秋夕)_유만공 • 206

웃음(書笑)_김시습 • 208

삼청동 나들이(遊三淸洞)_이이 • 210

산사(山寺)_임제 • 212

처갓집에서(甥舘)_이의승 • 214

산꼭대기에 핀 꽃(山頂花)_신위 • 216

가을 감상(賞秋)_휴정 • 218

가을날 길을 가다가(秋日行途中)_김윤식 • 220

9일 백악에 오르다(九日登白嶽)_박준원 • 222

달을 샀다는 아이에게(答奴告買月)_윤기 • 224

헐성루에서(歇惺樓 瞰萬二千峯)_채제공 • 226

제작포 어부집(諸作浦漁舍)_홍세태 • 228

살아 있는 병풍(奉和西山)_초의 선사 • 230

밤의 대화(夜話同文卿德考同賦)_김석손 • 232

첫여름 풍경(初夏卽事)_이건창 • 234

침계의 산골 집(梣溪樹屋 吟成題壁)_윤정현 • 236

앞바다에 배를 띄우고(南湖放舟)_이학규 • 238

호젓한 기분(幽興)_이기원 • 240

낙화(暮春與洪潁草及諸人共賦落花)_이봉환 • 242

폭염에 시달리며(苦炎熱)_김정희 • 244

꽃지짐(花饎)_정동유 • 246

제4부 결(結): 삶과 사랑을 알다

섣달 그믐날(除日)_이식 • 250

절필(絶筆)_최성대 • 252

밤에 앉아 옛이야기하다(倒用前韻)_정사룡 • 254

세상물정(物情)_이광덕 • 256

구안실 밤의 대화(苟安室夜話)_황현 • 258

들판의 메추라기(野田鶉行)_홍세태 • 260

병석의 나를 위로하며(病中自慰)_최천익 • 262

혼자 웃다(獨笑)_정약용 • 264

한강 가에 세 들어 살다(南湖寓園雜詠)_이건창 • 266

산중에 잠시 머물며(山中寓居)_이규보 • 268

밤마다 꿈에서 죽은 벗을 본다(連夜夢見亡友 感懷錄奉)_김효건 • 270

무료하여 지어 본다(漫爲)_최립 • 272

실록 편찬을 마치고(實錄畢役 還家有賦)_김희령 • 274

소회를 쓰다(寫懷)_임광택 • 276

평릉역 역사의 기둥에 쓰다(題平陵舘柱)_무명씨 • 278

함께 숙직하는 동료에게(宰監直中奉和何求翁趙僚遠慶)_이종휘 • 280

아침에 일어나(朝起戱書窓紙)_정작 • 282

홀로 길을 가다(獨行)_송익필 • 284

종이연(紙鳶)_이상적 • 286

친구에게(次友人寄詩求和韻)_이황 • 288

바둑 즐기는 늙은이(碁翁)_변종락 • 290

자식 교육(訓蒙)_이황 • 292

약이란 이름의 아이(藥兒)_이정직 • 294

내가 봐도 우습다(自戱效放翁)_안정복 • 296

봄을 찾아 나서다(尋春)_이용휴 • 298

시인(詩人)_신광수 • 300

차를 끓이다(得茶字)_정내교 • 302

송화(松花)_임억령 • 304

여름밤 마루에서(夏夜山軒卽事)_이응희 • 306

한가로운 거처(閑居)_이하곤 • 308

늦게 일어나서(晏起遣興)_강준흠 • 310

국화 앞에서(菊)_신위 • 312

정릉에서 친구에게(貞陵齋舍 與申寢郞錫寬作)_이만용 • 314

들사람(野人)_나열 • 316

청회 여관(淸淮旅舍)_조경 • 318

상고대(詠木氷)_정약용 • 320

울치재(西泣嶺)_김종직 • 322

홍류동을 나오며(出紅流洞)_조긍섭 • 324

내 자랑(自矜)_안정복 • 326

제 1 부

기(起)

삶과 사랑을 묻다

새해 첫날

서거정

마흔 살은 다부지게 일할 나이
오늘로 두 살이나 더 먹게 됐네.
도소주는 나중에 마셔도 좋으련만
늙고 병들기는 남보다 빠르구나.
세상살이는 어떻게 힘차게 하나?
가난한 살림살이를 피할 길 없네.
은근하게 한 해의 일 다가오려나
매화에도 버들에도 생기가 돋네.

元日 원일

四十是强仕 사십시강사   今添又二春 금첨우이춘
屠蘇宜後飮 도소의후음   老病已先人 노병이선인
身世何由健 신세하유건   生涯敢諱貧 생애감휘빈
殷勤一年事 은근일년사   梅柳亦精神 매류역정신

❋ 천문·지리·의약에 정통했던 조선 전기의 학자 사가정四佳亭 서거정徐居正(1420~1488)이 해가 바뀌어 마흔두 살이 된 1461년 새해 첫날에 지었다. 그 시대 그 나이 명사에게도 새해는 기대와 불안이 교차한다. 설날에 마시는 술 도소주屠蘇酒는 나이 많은 사람이 뒤에 먹는다. 남들 다 마신 뒤에 도소주를 먹자 누구보다 빨리 노쇠해 간다는 느낌이 들면서 불안해진다. 올해는 세상을 어떻게 기운차게 헤쳐 나갈 것이고, 가난은 또 어떻게 견딜 것인가? 착잡하다. 누가 그런 불안을 잠재워 주랴? 아무도 대답이 없다. 그래도 불안보다 희망이 앞선다. 어떻게 전개될지 모를 인생의 한 해, 그 은근한 기대를 이제 곧 꽃피울 매화의 움트는 생기와 발랄함에 걸어 본다.

열두 고개

이서우

한 고개는 높고 한 고개는 낮고
앞에는 깊은 개울 뒤에는 얕은 개울
한 고개는 짧고 한 고개는 길고
바위는 울퉁불퉁 소나무는 울울창창
한 고개는 구불구불 한 고개는 쭉쭉 뻗고
말은 고꾸라지고 종은 헐떡헐떡
여섯 고개 넘고 나니 또 여섯 고개
아침에 곤양 떠나 사천 오니 해가 지네
이 세상 길과 길은 평탄한 적 없었으니
가던 길 이젠 쉬고 길 나서지 말까 보다.

十二峙謠 십이치요

一嶺高一嶺低 일령고일령저   前深溪後淺溪 전심계후천계
一嶺短一嶺長 일령단일령장   石磊磊松蒼蒼 석뇌뇌송창창
一嶺曲一嶺直 일령곡일령직   馹馬蹶僕脅息 사마궐복협식
六嶺度了又六嶺 육령도료우육령   朝發昆明泗夕景 조발곤명사석경
世間道途無時平 세간도도무시평   吾行宜休不宜行 오행의휴불의행

20

❀ 숙종 대의 문신 송곡松谷 이서우李瑞雨(1633~1709)가 경상도 관찰사로 재직할 때 지은 시다. 환갑을 전후한 나이에 관찰사가 되어 곳곳을 순시하던 중 말을 타고 높은 고개를 넘었다. 지금의 경상남도 곤양면에서 사천시까지 가는 길에는 열두 고개가 있었다. 한 고개 한 고개 넘을 때마다 풍경이 바뀌고 고생은 새로워진다. 구불구불 고갯길을 오르락내리락 걷다 보니 여섯 고개 절반을 넘었건만 여섯 고개가 또 남았다. 열두 고개를 다 넘어 사천에 도착하자 벌써 날이 졌다. 모르는 이들은 영남감사라 부러워하지만 이 짓도 못하겠다는 생각에 한숨이 절로 난다. 여기뿐 아니라 곳곳에 열두 고개가 있다. 인생길 어디든 열두 고개다.

골목길

이언진

밝은 해가 굴러굴러 서쪽으로 떨어지면
그때마다 나는 항상 통곡하고 싶어지더라.
남들은 그러려니 일상으로 여기고서
저녁밥 어서 내오라 그냥 다만 재촉한다.

衚衕絶句 호동절구

白日轆轆西隆 백일역록서추　　此時吾每欲哭 차시오매욕곡
世人看做常事 세인간주상사　　只管催呼夕食 지관최호석식

22

❀ 영조 말엽의 시인이자 역관인 송목관松穆館 이언진李彦瑱(1740~1766)의 시다. 세상을 밝히던 해가 뉘엿뉘엿 떨어질 때면 사람들은 배가 고프다며 빨리 밥을 내오라고 재촉한다. 그런데 시인은 오히려 통곡하고 싶어진다고 했다. 해가 떨어져 저녁밥을 찾는 그 편안하고 자연스러운 일상을 시인은 왜 타박하고 있을까? 시인 자신도 고즈넉이 식구들과 둘러앉아 저녁밥 먹는 일상에서 벗어나지 못할 텐데 말이다. 낮에 마치지 못한 일 때문이라면 일벌레의 푸념일 테고, 그날의 몫을 벌지 못한 것이 이유라면 속물의 눈물일 테다. 하지만 이언진은 결코 그럴 위인이 아니다. 아마도 저 떨어지는 해가 인생의 끝나는 순간을 날마다 보여 주기 때문이리라. 하루하루를 일상의 관성대로 살아가는 사람은 그 시간의 귀함을, 그 상실의 아픔을 자각하지 못하겠지만 시인은 유난히 민감하게 느낀다. 일몰은 조금씩 져 가는 인생의 슬픔을 시인에게 귀띔해 준다. 오늘도 또 오늘의 해가 진다. 귀한 하루가 사라지는 아픔에 통곡하지 않을 수 없다.

눈 오는 밤 홀로 앉아

김수항

부서진 집에 세찬 바람 파고들고
빈 뜰에는 흰 눈이 쌓여만 가네.
시름에 찬 마음과 저 등잔불은
이 밤을 함께 새워 재가 되리라.

雪夜獨坐 설야독좌

破屋凄風入 파옥처풍입　　空庭白雪堆 공정백설퇴
愁心與燈火 수심여등화　　此夜共成灰 차야공성회

❀ 인조와 효종 시기를 살았던 저명한 문신 문곡文谷 김수항金壽恒 (1629~1689)이 1645년 열일곱 살 때 한겨울의 소회를 담았다. 구멍 숭숭 뚫린 방 안으로 칼바람이 스며들어 오들오들 떨고 있다. 식구들이 모두 잠들어 고요한 마당에는 흰 눈이 소복소복 쌓여 간다. 외로운 청년의 동반자는 오로지 등잔불뿐, 밤을 꼬박 지새우고 나면 재가 되어 폭삭 스러질 것만 같다. 열일곱 살 청년은 흰 눈이 쌓이는 밤을 마음이 재가 되도록 새워 가며 무슨 걱정을 그리 많이 했을까? 아마도 공부를 했겠지. 그다음 해 2월 진사시에서 장원 급제한 결과가 말해 준다. 하지만 청년의 걱정이 일신의 성공에만 머물러 있었을까? 그해에는 청나라에 포로로 잡혀 있다 돌아온 소현세자를 죽이고 세자빈 또한 한창 죽음으로 몰아가던 격동의 한겨울이 지나고 있었다. 할아버지 김상헌金尙憲이 귀국한 기쁨도 순간일 뿐, 앞을 헤아릴 수 없을 만큼 혼탁하고 상상을 초월하는 이상한 일들이 벌어지는 정국이었다. 흰 눈은 대지를 하얗게 뒤덮고, 나라를 걱정하는 청년의 마음은 타들어 간다.

멋대로 읊다

박수량

입은 말하지 않고 귀는 듣지 않은 지 오래
두 눈은 살아 있어 또랑또랑 뜨고 있다.
어지럽고 시끄러운 세상만사는
보기는 해도 말하지는 못한다.

浪吟 낭음

口耳聾啞久 구이농아구　　猶餘兩眼存 유여양안존
紛紛世上事 분분세상사　　能見不能言 능견불능언

❀ 조선 중기의 학자 삼가정三可亭 박수량朴遂良(1475~1546)이 지었다. 박수량은 연산군과 중종의 혼란한 시기에 지조를 지키며 고향 강릉으로 물러나 살았다. 광기의 세상에도 정신줄을 놓은 채 권력과 부를 향해 달려드는 사람이 많다. 세상이 미쳐 날뛸 때 덩달아 미친 척이라도 해야 한자리를 차지할 수 있으련만, 그는 오히려 입과 귀를 닫아 버렸다. 귀로 자세하게 듣고 말로 정직하게 내뱉었다가는 자칫 큰코다치는 세상이다. 그렇다고 광기의 세상을 나 몰라라 하는 것은 양심이 허락하지 않는다. 눈을 벌겋게 뜨고 지켜보며 견뎌야 한다. 박수량은 광기와 폭압의 시대를 견디는 정신을 이렇게 밝혔다. "내가 배움도 없으면서 진사시에 급제했으니 욕됨이 없어 좋고, 땅도 없으면서 날마다 두 끼를 먹으니 굶주림이 없어 좋고, 덕망도 없으면서 산수에 머무니 속됨이 없어 좋다." 세 가지가 좋다는 뜻의 '삼가三可'라는 호를 쓴 이유이기도 하다.

동전에 관하여

신석우

해결하기 힘든 세상일도 거뜬히 해결하고
멍청이를 현자로, 지혜로운 자를 걱정꾼으로 만들지.
개원*이란 글자는 보여도 이지러진 달과 같고
제부**처럼 둥글둥글 물 흐르듯 굴러간다.

온갖 물건을 헐값 만드니 권세가 정말 무겁고
숱한 집안을 파산시키고도 탐욕을 그치지 않네.
이자 놓고 재물 불리느라 거간꾼들 바쁘니
서민도 하루아침에 제왕처럼 변하누나.

詠錢영전

能平世上難平事능평세상난평사　　愚者爲賢智者愁우자위현지자수
字辨開元疑月缺자변개원의월결　　形圜齊府象泉流형환제부상천류
摧殘百物權何重최잔백물권하중　　破盡千家意不休파진천가의불휴
子貸殖繁勤駔儈자대식번근장쾌　　鑪令編戶等王侯변령편호등왕후

❀ 헌종 연간의 문신 해장海藏 신석우申錫愚(1805~1865)가 나이 들어 동전을 주제로 시를 썼다. 전혀 시적이지 않은 동전을 소재 삼아 시를 쓸 수밖에 없을 만큼 유쾌하지 않은 일이 많았던 게다. 돈은 어떤 일도 해결한다. 돈이 있으면 바보도 현자가 되고, 돈이 없으면 제아무리 똑똑한 자도 걱정만 늘어놓게 된다. 한 귀가 나간 동전일지라도 물 흐르듯 세상 곳곳을 굴러다니며 못하는 짓이 없다. 고생해서 생산한 물건을 헐값으로 후려치고, 수천 가구를 파산시키고도 만족할 줄 모른다. 괴물 같은 돈의 위력에 고리대금업자만 신이 났다. 갑자기 졸부가된 놈이 제왕 부럽지 않은 권세를 휘두른다. 이렇게 꼴사나운 짓을 자행하는 동전의 위세가 현대가 아닌, 200년 전 서울에서도 대단했다.

＊ 개원(開元): 본디 당나라 화폐 이름으로 시에서는 19세기 조선에서 사용하던 상평통보(常平通寶)란 이름의 동전을 대신한다.
＊＊ 제부(齊府): 당나라 거부.

이 잡는 할머니

남구만

나이 많은 할머니가 길가에 앉아
아이를 품에 안고 햇볕을 쬐고 있다.
머리를 다듬기에 볕이 따사롭고
이를 잡으려면 밝은 곳이 좋지.
포근히 품으려는 마음은 뭉클하고
해충을 없애려는 심정은 간절하다.
어느 누가 이 사연을 가져다가
백성 돌보는 정성을 펼치도록 할까?

路旁有老媼 抱兒曝陽 理頭捫蝨 感而賦之
노방유노온 포아폭양 이두문슬 감이부지

老媼當途坐노온당도좌   抱兒向日晴포아향일청
理頭知愛暖이두지애난   捫蝨且隨明문슬차수명
惻怛求安意측달구안의   丁寧去害情정녕거해정
誰能將此事수능장차사   推得保民誠추득보민성

✿ 원 제목은 「길가에서 한 노파가 아이를 안고 햇볕을 쬐면서 머리를 매만지며 이를 잡고 있었다. 마음에 느낌이 있어 시를 짓는다」이다. 숙종 대의 명신 약천藥泉 남구만南九萬(1629~1711)이 젊은 시절에 지었다. 날씨가 찬 어느 날, 길을 가다 어떤 광경이 눈에 들어왔다. 어린 아이를 안은 늙은 할머니가 햇볕 아래서 아이의 머리를 매만지며 이를 잡고 있었다. 특별할 것 없는, 옛날에는 흔히 볼 수 있는 광경이었다. 하지만 그 광경을 보고 남구만의 마음이 요동을 쳤다. 머리를 만져 주려고 햇볕 따뜻한 장소를 찾는 행동에서 아이를 추위에 떨지 않게 하려는 정성을 엿보았고, 이를 잘 잡으려고 환한 데를 찾는 행동에서 아이에게 해로울 수 있는 것들을 다 없애 버리려는 마음을 읽었다. 소장 관료로 한창 승승장구하던 남구만은 이 모습을 보고 가슴이 뭉클했다. 백성을 돌보려는 따뜻한 마음이 정치의 기본이라는 사실을 어느 할머니가 말없이 일깨워 주었다.

어부가

목만중

지난밤 비바람이 사나워
강 언덕에 배를 묶어 놓았네.
옆에 있던 배는 근처에 있나 보다
갈대꽃 깊숙한 곳에서 어부가漁父歌 들려온다.
배를 저어 다가가서 말 좀 물어보자.

"물고기가 참말로 잘 안 잡히네.
아침 되면 관가에서 신역身役을 독촉할 텐데
물고기를 잡지 못해 어쩐다나?"

漁謳어구

夜來風雨惡야래풍우악　　繫纜依江阿계람의강아
鄰舟不知遠인주부지원　　蘆花深處起漁歌노화심처기어가
移舟相近爲相問이주상근위상문　爲言得魚苦無多위언득어고무다
朝來官府催身役조래관부최신역　得魚無多可奈何득어무다가내하

32

❀ 정조 대의 문인이자 정치가인 여와餘窩 목만중睦萬中(1727~1810)이 열네 살 때 쓴 시다. 인천에 살았기에 어촌 풍물에 익숙하던 목만중은 어부의 생활을 묘사한 연작시를 지었다. 이 작품은 어부들끼리 대화를 나누는 장면이다. 밤새 폭풍우가 몰아쳐 어부들은 고기잡이를 포기한 채 배를 매어 놓았다. 제각기 흩어진 배들이 어디 있는지 잘 안다. 웃자란 갈대숲 어디선가 어부가가 들려오기 때문이다. 여기까지는 낭만적이다. 하지만 하루라도 쉬면 관에서 할당한 어획량을 채우지 못하는 현실이 눈앞에 놓여 있다. 배를 대고 이웃집 어부에게 묻는 말에서 어부의 고단한 삶이 묻어난다. 소년의 눈은 어부의 현실에서 눈을 떼지 않고 있다.

겨울

김극기

할 일이 끝도 없이 이어지기에
해가 가도 손을 털지 못하겠구나.
폭설에 무너질까 판자 처마 걱정되고
바람에 삐걱대는 사립문 소리 싫어라.
서리 내린 새벽에는 산에 올라 나무하고
달이 뜬 밤이면 지붕 이을 새끼를 꼬네.
봄철만을 하염없이 고대하노니
휘파람 불며 언덕에 올라보리라.

冬동

歲事長相續세사장상속   終年未釋勞종년미석로
板簷愁雪壓판첨수설압   荊戶厭風號형호염풍호
霜曉伐巖斧상효벌암부   月宵升屋綯월소승옥도
佇看春事起저간춘사기   舒嘯便登皐서소편등고

❁ 고려 명종 대의 시인 노봉老蜂 김극기金克己(1150~1209)가 겨울철 농가의 생활을 읊었다. 말로는 농한기라지만 한시도 마음 편히 쉴 수 없다. 한 해가 끝나가는 철인데도 손을 탈탈 털고 놀 겨를이 나지 않는다. 폭설에 지붕이 주저앉지 않도록 고쳐야 하고, 바람에 삐걱거릴 문도 손봐야 한다. 새벽부터 나무를 해놓고, 밤이 되면 새끼도 꼬아야 한다. 그뿐이랴! 갖가지 일이 기다리고 있다. 겨울이 가고 봄이 오면 그때는 언덕에 올라 휘파람 불면서 놀고 싶다. 설령 턱없는 바람일지라도 벌써 봄이 기다려진다.

흥인문에 올라

이희

영제교 다리 끝은
무릎까지 진펄에 빠지고
우쭐 자란 미나리밭에는
버들이 그늘을 드리웠다.
석양 아래 매어 놓은 말 위로
무지개가 뜨고
넓은 대로에는 개미처럼
행인들이 걸어간다.

담을 이어 정원이 있는 저택들은
모두가 왕실 사람 소유이고
왕성 안에 넘치는 풍악 소리는
태평성대를 노래한다.
자주 왔다 자주 가는
나는 대체 웬 고을의 과객인가?
흥인문 문루 다섯 번째 기둥에
홀로 기대어 서 있다.

登興仁門樓등흥인문루

永濟橋頭泥沒膝영제교두이몰슬　水芹齊葉柳陰晴수근제엽유음청
斜陽馬繫虹蜺影사양마계홍예영　廣陌人看螻蟻行광맥인간루의행
接宅園林皆貴戚접택원림개귀척　滿城歌管卽昇平만성가관즉승평
頻來頻去何鄉客빈래빈거하향객　獨倚門樓第五楹독의문루제오영

❀ 숙종 대의 시인 유유자悠悠子 이희李熹(?~?)가 쓴 시다. 이희는 이
완李浣 대장의 서손庶孫(서자의 아들)으로, 벼슬 한자리 얻지 못한 채 경
기도 여주에서 살았다. 서울을 자주 찾았던 이희가 하루는 동대문 문
루에 올라 성 안팎을 둘러봤다. 성 밖 길은 무릎까지 빠지는 진펄이
이어지고, 버드나무 가로수 너머로 미나리밭이 넓게 펼쳐져 있다. 한
양성 안쪽 종로는 개미들이 기어가듯 행인으로 들어찼다. 거창한 정
원의 대저택들이 담을 잇고, 밤을 재촉하는 풍악 소리가 요란하다. 하
지만 내 몸과 마음을 붙일 곳은 저 번화한 풍경 어디에도 없다. 그런
데도 자주 들락거리니 무엇을 해보자는 것일까? 문루의 기둥 하나에
기대어 해 저무는 왕성을 하염없이 바라본다.

강가의 누각에서

홍직필

온종일 행인들이 나루터에 모여들고
나루터는 풍랑이 쳐 하늘까지 솟구친다.
물거품 이는 강에 빈 배가 출몰하지만
조수 같은 사공일망정 어디서 구해 보나.

江樓有感 강루유감

盡日行人集渡頭 진일행인집도두   渡頭風浪蹴天浮 도두풍랑축천부
虛舟出沒泡花裏 허주출몰포화리   副手梢工底處求 부수초공저처구

❋ 순조 대의 저명한 학자 매산梅山 홍직필洪直弼(1776~1852)이 강가 누각에서 나루터를 바라보며 소감을 시로 옮겼다. 강을 건너려고 나루터로 행인들이 몰려든다. 그러나 풍랑이 거세게 일어 배가 뜨지 못한다. 그때 물거품 속에서 빈 배 하나가 나타났다 사라졌다를 반복한다. 훌륭한 뱃사공까지는 바라지 않는다. 조수라도 있으면 위험한 강을 건너는 시도를 해볼 텐데, 그마저도 없다. 풍랑이 치는 강가로 행인은 몰려들지만 물을 건너지 못해 발만 구른다. 멀리서 그 모습을 지켜보는 시인 또한 애만 태운다. 송나라 유학자 주희朱熹는 위기에 처한 나라를 개탄하며 이렇게 말했다. "우리와 백성의 목숨은 모두 이 물 새는 배 위에 있다. 만약 조수 같은 사공이라도 부르고, 그가 만취하지만 않았다면 급할 때 의지할 수는 있으리라." 홍직필은 나라가 위기를 맞고 있을 때 그 위기에서 구해 줄 사람을 간절히 기다리는 심정으로 풍랑 속의 배를 바라봤다. 지금 우리도 그런 사공을 기다리는 행인의 처지가 아니라고 할 수 있을까?

서성대는 인생

이희사

막걸리병 잡은 채로
하루하루 서성대며
강 언덕 초가집에
이 한 몸 붙이고 사네.
자갈밭에 보리를 심었으나
가을까지 비 한 방울 안 내리고
낡은 통발로 물고기 잡으려니
밤하늘엔 별이 총총하네.

힘없는 선비라서
글은 실의에 젖어 있고
들에 사는 처지이니
육신을 써서 생계를 꾸려야지.
간절하게 거문고 탄들
누구에게 들려주랴.
흐르는 물소리만
푸른 산속에 허허롭네.

逍遙 소요

時日逍遙濁酒瓶 시일소요탁주병　　江皐棲托白茅亭 강고서탁백모정
石田種麥秋無雨 석전종맥추무우　　弊笱收魚夜有星 폐구수어야유성
匹士文章多失意 필사문장다실의　　野人生理合勞形 야인생리합로형
琴絃耿耿要誰聽 금현경경요수청　　流水泠泠虛翠屏 유수령령허취병

❀ 정조 대의 시인 취송醉松 이희사李羲師(1728~1811)가 마음속 갈등을
드러냈다. 여기서도 저기서도 발붙이지 못하고 서성대는 자신의 인생
이 한스럽다. 강가 언덕 초가집에 살고 있으나 안착하지 못한 채 자주
술에 기댄다. 농사를 지으려 해도, 물고기를 잡으려 해도 하늘마저 외
면한다. 변변찮은 선비라 애써 지은 글은 실의와 자조가 뒤섞여 우중
충하다. 농부라 하기도 어렵고, 선비라 하자니 부끄럽기 한량없다. 드
높은 꿈과 하찮은 생계 사이에서 서성대며 가을밤 실의에 젖는다. 거
문고로 절실한 속내를 펼쳐 보여 위로받고 싶지만 누가 들어줄까? 넋
두리인 듯 물소리만 빈산을 가득 채운다.

외로운 밤

이응희

추운 밤 잠 한숨 이루지 못하고
베개도 더듬다가 거문고도 타 본다.
적막해라 일천 마을은 캄캄하고
쓸쓸해라 일만 골짜기는 침침하다.
별들이 쏟아져 집집마다 반짝이고
구름이 잠들어 골골마다 잠겨 있다.
처마 모서리에 새벽닭 울고
귀밑에는 수심의 백발이 돋아났다.

獨夜 독야

寒宵苦不寐 한소고불매　　撫枕仍撫琴 무침잉무금
寂寂千村黑 적적천촌흑　　寥寥萬壑沈 요요만학침
星臨蓬戶動 성림봉호동　　雲宿玉溪深 운숙옥계심
簷角金鷄叫 첨각금계규　　淸愁鬢上侵 청수빈상침

42

❀ 인조 대의 시인 옥담玉潭 이응희李應禧(1579~1651)가 지었다. 날씨
가 추워진 밤, 좀체로 잠이 오지 않는다. 베개를 바꾸고 거문고도 잡
는 등 애써 보지만 별 소용이 없다. 차라리 문밖을 나가 멀리 둘러봤
다. 적막이 내려앉은 마을과 사방 산골짜기에는 짙은 어둠이 깔려 있
다. 하늘의 별들만이 움직여 집집의 지붕에 별빛이 일렁인다. 구름도
깊은 잠에 빠져 골짜기들마저 미동하지 않은 채 어둠에 묻혔다. 천지
에 잠들지 못한 사물은 나밖에 없다. 다시 방으로 들어가 잠을 청해
보지만 처마 끝에서 새벽닭이 울도록 잠을 이루지 못했다. 귀밑머리
에 백발 몇 가닥이 돋아났을 게다. 부질없는 걱정으로 외롭게 밤을 지
새운 보람이다.

6월 23일 취해서

이덕무

올해도 벌써 반이 지나갔는데
무슨 일을 하려는지 한탄스럽군.
옛 풍속은 정말 보기 힘들어져
우리 인생 사는 꼴을 얼추 알겠네.
세태는 툭하면 틈을 노려 동정 살피고
심사는 쓸데없이 시기하고 의심하네.
아내만은 그래도 좋은 벗이라
외상술을 통쾌하게 잔에 따르네.

六月二十三日醉 육월이십삼일취

今年已過半 금년이과반　歎歎欲何爲 탄탄욕하위
古俗其難見 고속기난견　吾生迺可知 오생내가지
物情饒伺察 물정요사찰　心事浪猜疑 심사낭시의
內子還佳友 내자환가우　賒醪快灌之 사료쾌관지

❀ 정조 대의 저명한 문인이자 학자인 청장관靑莊館 이덕무李德懋(1741~
1793)가 술을 마시고 쓴 시다. 6월도 막바지라 한 해도 벌써 절반이 흘
러갔다. 술을 몇 잔 마시자 탄식이 절로 나온다. 반년 동안 한 일을 돌
아보면 한심스럽다. 세상은 너나없이 강퍅해 옛날과는 너무나도 다른
분위기다. 누군가가 나의 동정을 훔쳐보고 쓸데없이 시기하면서 의심
하는 일도 일어났다. 세태나 심사가 너무 글러 먹었다. 살고 싶은 대
로 살지도 못하는 것이 지금 우리의 인생이다. 내 마음대로 살아도 옛
사람처럼 멋스러울 수 있다면 얼마나 좋을까. 후회만 남은 반년이다.
하지만 누가 뭐래도 아내만은 무조건 내 편이다. 불편해하는 내 마음
을 알아차리고 외상술을 받아다 잔에 콸콸 따르는 좋은 친구다.

혹독한 더위

안축

불 바퀴가 날아올라 넓은 하늘 달려가니
온 세상이 모두 함께 용광로에 들어간 듯
뭉게뭉게 벌건 구름 기봉奇峯을 꾸며 놓고
치렁치렁 푸른 나무 바람 없어 적막하네.

삼베옷이 흠뻑 젖어 땀 흘리고 괴로우나
파초선을 부쳐 봐야 아무런 소용없네.
어떡해야 겨드랑이에 날개가 돋아나서
서늘한 광한궁의 신선들과 어울리나?

酷熱 혹열

火輪飛出御長空 화륜비출어장공   萬國渾如在烘中 만국혼여재홍중
疊疊形雲奇作岫 첩첩동운기작수   童童翠樹寂無風 동동취수적무풍
蕉裳濕盡惟煩汗 초상습진유번한   葵扇揮來不見功 규선휘래불현공
安得兩腋生羽翼 안득양액생우익   廣漢宮裏伴仙翁 광한궁리반선옹

46

❋ 고려 후기의 문인 근재謹齋 안축安軸(1282~1348)이 지었다. 안축은 새롭게 등장한 사대부의 한 사람으로서 참신한 작품을 다수 창작했다. 700년 전쯤 어느 해 여름도 대단히 무더웠던가 보다. 이글거리는 태양이 뜨자마자 온 세상이 용광로 속으로 들어간 듯하다. 벌겋게 달아오른 하늘 아래는 바람 한 점 없어 모든 것이 축 늘어져 있다. 온몸이 땀에 젖어 부채를 아무리 부친들 소용없다. 견딜 수 없는 이 찜통 더위에서 벗어나려면 어떻게 해야 할까? 높은 하늘 위 신선들이 사는 궁전은 서늘해 지내기 좋겠지. 날개만 달 수 있다면 신선들과 만난다는 핑계를 대고 날아가고 싶다. 그것밖에 방법이 없다.

임계역

어세겸

시상이 떠올라 우연히 창문에 썼더니
종이가 찢어지며 시도 따라 찢어지네.
좋은 시라면 사람들이 꼭 전할 테고
나쁜 시라면 사람들이 꼭 침 뱉을 터
시를 전한다면 종이 찢어진들 무슨 상관이고
침을 뱉는다면 종이 찢어져도 괜찮으리.
한바탕 웃고 나서 말을 타고 떠나노니
천년 세월 흐른 뒤에 그 누가 나를 알랴.

臨溪驛 임계역

得句偶書窓 득구우서창   紙破詩亦破 지파시역파
好詩人必傳 호시인필전   惡詩人必唾 악시인필타
人傳破何傷 인전파하상   人唾破亦可 인타파역가
一笑騎馬歸 일소기마귀   千載誰知我 천재수지아

✽ 조선 전기의 문신 서천西川 어세겸魚世謙(1430~1500)이 강원도 정선을 출발해 강릉으로 가던 중 길목에 있는 임계역사에서 하룻밤을 묵었다. 창문의 흰 창호지를 보고 시상이 떠올라 붓을 휘둘러 썼다. 우연히 쓴 이 낙서 같은 시는 수많은 나그네가 오가는 여관 창문 위에서 얼마나 버틸 수 있을까? 손을 많이 타는 종이가 찢어지면 좋든 나쁘든 시는 사라지리라. 다만 시가 좋으면 사람들이 입으로 전할 테고, 시가 나쁘면 존재조차 잊힐 것이다. 글은 독자의 마음속에 남아 있는 것이지, 종이 위에 남는 것이 아니다. 저명한 시인이 이럴진대, 평범한 사람은 오죽할까. 후대를 살아가는 이들의 마음에 따뜻한 흔적으로 남지 않는다면 어떤 기록이나 흔적도 허망하다.

객지의 밤 가을의 상념

이우신

책을 덮고 앉았더니 풀벌레 우는 소리
가을밤은 한참 전에 자정을 넘겼다.
이 고장 풍경은 가을빛에 물들었고
나그네 심사는 등불 빛에 젖어 든다.
멀리 떠나 공부하자니 어머니가 불쌍하고
돌아가 농사를 짓자니 친구 보기 창피하다.
서글픈 마음 누구에게 말을 걸까?
불평이 솟구치는 노래만 길어진다.

旅夜秋思 여야추사

廢卷坐蟲聲 폐권좌충성　　秋宵已數更 추소이수경
節物侵鄕色 절물침향색　　燈光入客情 등광입객정
遠學悲慈母 원학비자모　　歸耕愧友生 귀경괴우생
惻惻無誰語 측측무수어　　長歌激不平 장가격불평

50

❀ 경기도 지평에 살았던 정조와 순조 연간의 문신 수산睡山 이우신李
友信(1762~1822)이 가을철 여행길에 썼다. 아마도 집을 떠나 공부하러
멀리 가는 길이었나 보다. 여관에 앉아 책을 펼치니 마음이 싱숭생숭
하고, 풀벌레 소리 듣다 보니 벌써 밤이 깊다. 창밖은 온통 가을빛으
로 물들었다. 이 좋은 계절에 객지에서 등불을 마주하자 제쳐 두었던
고민과 갈등이 더 부푼다. 출세하려면 이렇게 멀리 떠나 공부하는 것
이 맞는 듯도 한데, 나이 드신 어머니의 고생은 나 몰라라 하는 짓이
다. 그렇다고 공부를 포기하고 귀향하자니 다른 친구들에게 뒤처질까
걱정이다. 이러지도 저러지도 못하겠다. 서글픈 마음이 밀려들건만
괴로운 마음을 함께 나눌 사람조차 곁에 없다. 깊은 밤 나그네의 장탄
식만 길어진다.

객지에서

이달

이 몸은 동서쪽 그 어디로 가야 하나?
가는 곳 정처 없어 쑥대처럼 흘러가네.
떠돌다가 친구 만나 한집에서 잠을 자며
난리 겪는 타향에서 새해를 맞이하네.

눈 덮인 산 훨훨 날아 기러기는 돌아가건만
새벽녘 바람 타고 전쟁 나팔 소리 들려오네.
서글퍼라, 낯선 땅을 구름처럼 가는 신세
돋아나는 봄풀에는 그리움만 하염없네.

客懷 객회

此身那復計西東 차신나부계서동   到處悠悠逐轉蓬 도처유유축전봉
同舍故人流落後 동사고인유락후   異鄉新歲亂離中 이향신세난리중
歸鴻影度千峰雪 귀홍영도천봉설   殘角聲飛五夜風 잔각성비오야풍
惆悵水雲關外路 추창수운관외로   漸看芳草思無窮 점간방초사무궁

❀ 선조 대의 시인 손곡蓀谷 이달李達(1539~1612)이 임진왜란을 겪으면서 지었다. 평소에도 한곳에 정착하지 못하고 각지를 떠돌던 신세인데, 반기는 이 하나 없는 전란 중에는 더 정처 없이 방랑한다. 어디로 가야 할지 자신도 알 수 없다. 우연히 옛 친구를 만나 한집 한방에서 새해를 맞은 것이 그나마 반가운 일이다. 그러나 그것도 잠깐의 위로일 뿐, 다시 헤어져 각자의 행로를 떠난다. 기러기는 눈 덮인 첩첩산을 넘어 제 고향으로 돌아가건만, 새벽길 떠나는 시인의 귓속에는 전투를 알리는 나팔 소리만 들려와 허둥대게 한다. 편안한 안식의 시간은 언제나 찾아오려나? 처량한 나그네의 눈에는 돋아나는 풀잎이 마음 아프게 다가온다. 그래도 대지에는 새봄이 찾아드나 보다.

서울에 살고부터

여춘영

서울은 번화하기 짝이 없는 곳
그래도 지방민에겐 걸림돌 많네.
담장에 밝은 달빛 가로막히고
아침저녁 개 짖는 소리 시끄러워라.
시구를 찾다 보면 귀향을 꿈꾸고
조촐한 술상에는 함께할 벗이 없네.
집 앞으로 아는 얼굴 숱하게 지나가도
내게는 오직 강변의 마을 생각뿐.

京國 경국

京國繁華地 경국번화지   還於遠客妨 환어원객방
門墻蟾影限 문장섬영한   昏曉犬聲揚 혼효견성양
覓句成歸夢 멱구성귀몽   無人對薄觴 무인대박상
經過多識面 경과다식면   惟我水雲鄕 유아수운향

❀ 정조 대의 저명한 문인으로 경기도 양평 출신인 헌적軒適 여춘영呂春永(1734~1812)이 서울로 집을 옮겨 살면서 시를 썼다. 서울은 그때도 누구나 살고 싶어 하는 번화한 도회지였다. 그러나 타지에서 온 사람에게는 이래저래 거추장스럽고 거슬리는 일이 많아 적응하기 힘들다. 좁은 마당, 높은 담장 때문에 하늘의 달도 보기 어렵고, 아침저녁만 되면 동네 개들이 짖어대는 통에 마음이 어수선하다. 그러다 보니 시를 짓기만 하면 으레 짐을 싸 옛집으로 돌아가는 소망이 담긴다. 안에서 조촐한 주안상을 차려 내와도 불러서 술 한잔 기울일 친구가 없다. 아는 사람이 없어서일까? 그건 아니다. 집 앞으로 낯익은 얼굴들이 뻔질나게 오가도 그것뿐이다. 뭔지 모를 거리감이 있다. 시간이 흐를수록 남한강변에 있는 툭 트인 고향집이 그립다.

갑술년 가을

이충익

황량한 들녘에는 쭉정이뿐
과부가 나와 줍고
벌레 먹은 복숭아나무 아래
동네 아이들 싸우고 있다.
돌보는 농부 없이
병든 이삭 가득한 논에서는
송아지 딸린 황소만이
마음대로 먹어 치운다.

타작할 볏단 한 묶음
마당에 들어오지 않고
해질 무렵 참새 떼만
황량한 마을에 시끄럽다.
밑도 끝도 없는 시름 풀풀 나서
책 던지고 누웠더니
때맞춰 숲 바람 불어와
문을 쾅 닫아 버린다.

甲戌秋 갑술추

秕稗荒原嫠婦摘비패황원이부적　蟠桃小樹里童喧조도소수이동훤

滿田病稼無人管만전병수무인관　將犢黃牛自齕呑장독황우자흘탄

場圃並無禾黍入장포병무화서입　日斜群雀噪荒村일사군작조황촌

閑愁忽忽抛書卧한수홀홀포서와　會事林風爲掩門회사림풍위엄문

❀ 정조와 순조 대의 학자 초원椒園 이충익李忠翊(1744~1816)이 갑술년
(1814) 가을을 소재로 쓴 시다. 이해 가을을 시로 써 남겨야겠다는 마
음을 읽을 수 있는 제목이다. 이해는 유례없는 가뭄에 대홍수까지 겹
쳤다. 영남 지방이 가장 심했고, 그가 머물던 경기도는 그나마 사정이
나은 편이었다. 그럼에도 황금빛 물결 대신 황량한 들판이 펼쳐지기
는 마찬가지였다. 가을걷이할 곡식이 없는 들판에는 농부가 아닌 과
부와 아이들, 황소와 참새만 보이고 바람이 휑하니 지나간다. 약 200
년 전 전국을 휩쓴 흉년의 농촌 풍경이다. 굶주린 이들이 어슬렁거리
는 황량한 들판이 눈에 들어오니 책을 읽을 수가 없다. 더 바라보는
것조차 싱숭생숭할 때 마침 바람이 불어와 문을 쾅 닫아 버린다.

철원에서

김창립

첫겨울 찾아오는 음력 10월 초
북쪽의 철원으로 거처 옮겼네.
우리 집은 북쪽이 넓게 펼쳐져
저 멀리 궁예의 궁터 보이는데
성곽은 황량하게 숲을 이루고
옛 궁궐은 사람 없이 폐허로구나.
슬픈 노래 부르며 검을 만지고
강개한 기분 되어 책을 덮었네.

鐵原 철원

孟冬十月初 맹동십월초   北遷鐵原居 북천철원거
我家背北寬 아가배북관   遙望弓王墟 요망궁왕허
城郭爲荒林 성곽위황림   古闕無人虛 고궐무인허
悲歌撫我劍 비가무아검   慷慨爲廢書 강개위폐서

❀ 17세기 말엽의 소년 시인 택재澤齋 김창립金昌立(1666~1683)이 열세 살에 지었다. 김창립은 시를 잘 지었으나 일찍 세상을 떠났다. 좌의정으로 재직하던 아버지 김수항金壽恒이 유배되어 전라도 영암에 머무르다가, 1678년 9월 강원도 철원으로 거처를 옮기게 되었다. 소년이 따라가 집을 정하고 보니 말로만 듣던 궁예도성이 바로 집 뒤에 펼쳐져 있다. 음산한 초겨울 날씨에 옛 성곽은 황량한 숲으로 바뀌어 있고, 궁궐터는 사람 하나 살지 않는 폐허로 남아 있다. 역사적 현장이 폐허로 변한 모습을 보며 집안의 고난을 떠올린 소년은 가슴에 비분강개함이 차올라 손이 자꾸만 검으로 간다. 지금도 비무장지대 숲에 황량하게 방치된 궁예도성의 쓸쓸함과 겹쳐진다.

밀양에 들어섰다

홍신유

밀양은 하늘에 닿을 만큼 멀다 하던 곳
발길 벌써 이르렀네, 바로 그 밀양 땅에.
조카들은 처음 봐도 낯설지 않은 얼굴
친구들은 반도 넘게 성명조차 잊어버렸다.

산천이 살기 좋은들 정녕 내가 살 곳일까?
소나무 국화는 남아 있어 고향이 맞다.
강남에서 살아 보려 궁리 많이 했나니
농사든 고기잡이든 꼼꼼히 따져 봐야겠다.

入抵密陽 입저밀양

密陽曾說接天長 밀양증설접천장　忽已吾行到密陽 홀이오행도밀양
諸姪一初顏面識 제질일초안면식　故人强半姓名忘 고인강반성명망
山川信美寧吾土 산천신미영오토　松菊猶存亦故鄉 송국유존역고향
就食江南多少計 취식강남다소계　耕農漁獵細商量 경농어렵세상량

❅ 영조 대의 문관 백화자白華子 홍신유洪愼猷(1724~?)가 서울을 출발해 경상도 밀양에 도착했다. 서울에서 더는 버티지 못하고 낙향하는 길이다. 하늘을 오르는 것만큼 멀게만 느껴지던 곳인데, 말 타고 열흘을 가니 도착했다. 떠나 있는 사이 태어난 조카들은 얼굴을 처음 봤음에도 단번에 우리 집안사람임을 알겠다. 고향 친구들을 만났지만 이름조차 다 잊어버렸다. 밀양은 산천이 아름답고 살기도 좋은 곳이다. 너무 오래 떠나 있었던 탓에 잘 적응해 살 수 있을지 걱정부터 앞선다. 옛 모습 그대로 서 있는 소나무와 국화를 보니 고향은 고향이라 마음이 놓인다. 낙향한 뒤 꾸려 갈 생계를 전부터 많이 고민했다. 이제는 농사든, 낚시든 일을 해야 한다. 공부를 많이 하고 문과에 급제했어도 서울에는 차지할 만한 자리가 없었다. 두려움과 기대가 교차하는 낙향이다.

꽃의 넋두리

정지윤

해마다 좋은 철이 윤회하듯 돌아오면
새로 돋은 포기에는 옛 정신이 되살아오네.
번뇌의 꽃 뿌리는 그 어디서 돌아왔을까?
전생의 꽃 나라에 인연 아직 못 끝냈네.

한恨은 몰래 두견새 울음소리에 스며들고
몸은 커서 나비 꿈에 변신해 들어갔네.
황혼녘에 돋아 오른 밝은 달빛 끌어당겨
인적 끊긴 정원에서 사진을 찍게 하네.

花魂화혼

歲歲煙光似轉輪세세연광사전륜 新叢記得舊精神신총기득구정신
漏根何處歸來些누근하처귀래사 香國前生未了因향국전생미료인
暗入杜鵑聲裏恨암입두견성리한 長成蝴蝶夢中身장성호접몽중신
分明句引黃昏月분명구인황혼월 庭院人空囑寫眞정원인공촉사진

❀ 헌종 대의 저명한 시인 하원夏園 정지윤鄭芝潤(1808~1858)이 지었다. 봄철에 피었다 지는 꽃의 운명에 시인의 예민한 마음이 흔들린다. 꽃에게 넋이 있고, 그 넋이 말을 한다면 하소연은 아마 이러하리라. 해마다 봄이 되면 묵은 포기에서 정신을 다시 차린다. 윤회의 수레바퀴에서 벗어나지 못한 운명이라, 번뇌의 뿌리에서 싹이 돋고 이내 향기를 피우며 전생의 인연을 이어간다. 한을 뱉어 내려 해도 입이 없으니 두견새 울음에 몰래 실어 보내고, 몸이 있어도 바로 떨어지니 호접지몽蝴蝶之夢에서나 살아 있다. 가냘프고 불안한 꽃의 존재를 누가 가엽게 여길까? 황혼 뒤 인적 끊긴 정원의 하늘 위로 달이 환히 떴다. 그 달빛 끌어와 꽃의 사진을 찍어 달래야지. 바닥에 드리운 그림자는 슬픈 꽃의 넋! 꽃의 그림자가 꼭 시인의 그림자 같다.

임은 하늘로

박지원

한 이불 덮다가 이별한 지 잠깐
어느새 천년이 된 듯하다.
먼 하늘 떠가는 구름만
하염없이 바라본다.

그대 다시 만나려고
오작교를 기다릴까?
은하수 서편에
달은 배 같다.

悼亡 도망
同床少別已千年 동상소별이천년   極目歸雲倚遠天 극목귀운의원천
後會何須烏鵲渡 후회하수오작도   銀河西畔月如船 은하서반월여선

❀ 정조 대의 문호 연암燕巖 박지원朴趾源(1737~1805)이 1787년 겨울 아내를 잃고 쓴 시다. 모두 이십 수로, 그중 두 편만 전한다. 35년을 함께 산 아내가 먼저 하늘로 떠났다. 겨우 며칠 지났을 뿐인데 마치 천년이 흐른 듯 까마득하다. 먼 하늘을 떠가는 구름 한 조각이 아내의 분신인 듯해 하염없이 바라본다. 멍하게 하늘을 보는 자신의 모습이 마치 오작교를 건너 일 년에 한 번씩 만난다는 견우직녀의 신세 같다. 하지만 저들은 너무 매정한 연인이다. 나라면 하루도 참지 못하고 당장 만나러 갈 텐데. 은하수 서편에 떠 있는 초승달이 얼른 올라타라고 손짓한다. 간절한 그리움의 시를 쓴 박지원은 아내와 사별하고 20년 동안 홀로 지냈다.

무제

운향각

화장기 지웠더니
부끄러움 볼에 넘치고
분칠이 흐릿해져
멋스러움 가셨구나.
북녘에서 기러기 끊겨
소식마저 막혔으니
함께 살며 늙자 하던
꿈은 벌써 허사로다.

팔뚝에는 왜 새겼던가.
붉은 앵혈 사라지고
검은 눈썹 가련해라!
수심 생겨 찌푸리네.
견우직녀 별을 보며
새벽까지 잠 못 들 때
까마득한 은하수에
초승달이 걸려 있네.

無題무제

試拂殘粧滿臉羞시불잔장만검수　糢糊脂粉減風流모호지분감풍류
雁遲北海書仍阻안지북해서잉조　仙老陽臺夢已休선로양대몽이휴
臂悔鸎紅消舊點비회앵홍소구점　眉憐蛾翠蹙新愁미련아취축신수
臥看牛女晨無寐와간우녀신무매　河漢迢迢月半鉤하한초초월반구

❁ 조선 말기의 기생 운향각雲香閣(?~?)이 나이가 들어 애인으로부터 이별을 통보받았다. 당장 화장부터 지우니 부끄러움에 얼굴이 화끈거려 거울을 들여다봤다. 얼굴 어디에서도 지난날의 멋스러운 미모를 찾을 수 없다. 애인은 소식을 아예 끊어 버려 한방에서 함께 지내며 해로하려던 꿈이 벌써 헛일이 되고 말았다. 임을 향한 순결을 보여 주던 팔뚝 위의 앵혈鸎血(여자의 팔에 꾀꼬리 피로 문신한 자국)도 이제는 빛을 잃었고, 그렇게 곱던 눈썹도 수심이 차곡차곡 쌓여 이지러졌다. 지쳐 잠자리에 누웠건만 하필이면 창문밖으로 견우성과 직녀성이 보일 게 뭐람. 새벽까지 뒤척이니 배처럼 떠 있는 초승달이 눈에 들어온다. 저 배를 타면 까마득히 떨어진 임에게 데려다줄까?

황혼 무렵 홀로 앉아

죽서 박씨

황혼 무렵 홀로 앉아 무얼 그리 골똘한가?
지척에 임을 두고 안타까워 못 견디네.
달이 밝아도 밤 깊으면 천고의 꿈에 들고
꽃이 고와도 봄이 가면 남은 해를 수심으로 보내네.

쇠나 돌이 아니거니 마음 어찌 진정하며
새장 안에 갇혔으니 몸은 자유롭지 못하네.
세월이 날 등지고 벌써 훌쩍 떠나나 보다.
다리 아래 흐르는 물은 가곤 아니 오더니라.

偶吟 우음

黃昏獨坐竟何求 황혼독좌경하구 咫尺相思悵未休 지척상사창미휴
月明夜沈千古夢 월명야침천고몽 好花春盡一年愁 호화춘진일년수
心非鐵石那能定 심비철석나능정 身在樊籠不自由 신재번롱부자유
歲色背人長倏忽 세색배인장숙홀 試看橋下水東流 시간교하수동류

❀ 19세기 초 여류시인 죽서竹西 박씨朴氏(1820~1851)가 지었다. 죽서 박씨의 또 다른 호는 '절반의 벙어리'라는 뜻을 지닌 반아당半啞堂이다. 생각이 있어도 드러내 말하지 못하는 처지를 비유한다. 말 못 할 사연을 가끔 시로 표현하곤 했는데, 이 시가 그렇다. 지척에 그리운 사람이 있어도 만날 길이 없다. 달이 밝고 꽃이 고우면 무슨 소용인가. 때가 지나면 달도, 꽃도 의미가 없다. 마음이 요동쳐도 몸이 자유롭지 못하니 할 수 있는 것이 없다. 내가 어찌 지내든 세월은 잘도 가겠지. 다리 아래 물은 세월처럼 아랑곳하지 않고 흘러간다. 나만 홀로 남겨졌다.

석류꽃

신유한

비단 주렴 머리에 햇살 비치고
바람 불어 꽃 그림자 다가올 때에
예쁜 여인 손을 뻗어 주렴 걷고서
온종일 예쁜 꽃을 바라보누나.
그대는 그 언제나 돌아오려나?
새로 핀 꽃 부질없이 향기로워라.
버들잎 돋아날 때 떠나가더니
석류꽃 다 지도록 오지 않누나.

石榴花 석류화

日出緗簾頭 일출상렴두　　風吹花影到 풍취화영도
佳人手捲簾 가인수권렴　　盡日看花好 진일간화호
歡來復何日 환래부하일　　新物謾芳菲 신물만방비
柳葉開時別 유엽개시별　　榴花落不歸 유화낙불귀

70

❊ 숙종과 영조 대의 저명한 영남 출신 문인 청천青泉 신유한申維翰
(1681~1752)이 쓴 시다. 뜨락 한 모퉁이에 석류꽃이 진홍빛으로 피어
있다. 주렴 너머로 해가 솟은 아침나절, 바람이 석류나무를 흔들자 빨
간 석류꽃이 한들거린다. 아름다운 여인이 주렴을 걷고 하염없이 꽃
을 바라본다. 아침부터 꼼짝하지 않은 채 꽃만 보고 있다. 석류꽃은
저리도 곱게 피었건만 임은 왜 돌아오지 않을까? 버들잎 돋아날 때
떠난 임은 봄꽃이 피었다 지고 이제 석류꽃까지 피었는데도 소식이
없다. 설마 저 꽃이 다 질 때까지 돌아오지 않을 셈일까? 석류꽃은 내
붉은 열정을 닮은 듯하다. 저나 나나 한봄 내내 부질없이 향기를 바람
에 실어 보내는 중이다.

오동나무

울산 이씨

뜰 앞의 오동나무 사랑한 뜻은
저물 무렵 맑은 그늘 드리워선데
한밤중에 비가 오면 어떻게 하나.
뜬금없이 창자 끊는 소리 낼 텐데.

詠梧桐영오동

愛此梧桐樹애차오동수　當軒納晩淸당헌납만청
却愁中夜雨각수중야우　翻作斷腸聲번작단장성

❀ 고성군수를 지낸 김성달金盛達(1642~1696)의 소실이자 17세기 여성 시인인 울산 이씨李氏(?~?)가 지었다. 이씨는 본래 시를 전혀 쓰지 못했으나 남편이 죽은 뒤 당시唐詩 수백 수를 외워 시를 잘 짓게 되었다. 400여 개의 글자로 시를 지었는데 아름다운 작품을 다수 남겼다. 마당 한쪽에 오동나무가 서 있다. 집 주변의 꽃들과 나무들 가운데 가장 사랑스럽고 정이 간다. 저녁 무렵이면 으레 방 안으로 들어오는 햇볕을 막아 주는 넓고 서늘한 그늘의 품 때문이다. 그렇게 사랑스러운 오동나무임에도 이따금 베어 버리고 싶을 만큼 미울 때가 있다. 깊은 밤, 비라도 내리면 큰 잎에 떨어지는 빗소리가 잠을 깨우고, 잠이 깨면 빗소리가 임을 그리는 마음을 불쑥 일깨워 기나긴 밤을 뜬눈으로 지새우게 된다. 겨우 다독인 임을 향한 그리움을 다시 흔들어 놓는 오동나무가 너무 얄밉다.

강 언덕 저녁 산보

이서구

옷깃 헤치고 오래된 나루터 찾아와 보니
어부 집에는 저녁 연기가 노랗게 핀다.
숲 뒤편으로 초승달이 날아오르고
뱃머리에는 저물녘 한기가 스며 있다.
물새는 밤의 적막을 깨며 소리를 내고
언덕의 꽃은 바람을 타고 향기 풍긴다.
해는 지고 아름다운 사람은 먼 곳에 있어
하염없는 그리움에 공연히 속만 태운다.

江皐夕步 강고석보

披襟來古渡 피금내고도   漁舍暝烟黃 어사명연황
林背飛初月 임배비초월   船頭帶晚凉 선두대만량
水禽喧夜響 수금훤야향   岸芷越風香 안지월풍향
日暮佳人隔 일모가인격   相思枉斷腸 상사왕단장

74

✼ 정조와 순조 연간의 저명한 정치가이자 시인인 강산薑山 이서구李
書九(1754~1825)가 어느 날 저녁 무렵 한강 가로 나갔다. 옷자락 바람
에 날리며 도강객渡江客으로 붐비는 나루터로 가 보니 어부의 집에서
는 밥 짓는 연기가 누르스름하게 피어오른다. 수풀 뒤편에 떠오른 초
승달은 날아가는 모양새고, 뱃머리 쪽에서는 한기마저 느껴진다. 과
객도, 어부도 사라진 강가는 적막하다. 그때 마침 물새가 적막함을 깨
면서 울고, 언덕의 꽃향기가 바람결에 실려 온다. 날이 저물었다. 멀
리 떠난 그 사람은 오늘도 돌아오지 않았다. 혹시 이 나루터를 통해
돌아올까 기대했으나 괜한 바람이었다. 보람도 없이 그리워하며 속만
태울 때도 강가의 고즈넉한 풍경은 아름답기 그지없다.

산사에서 공부하는 동생에게

허난설헌

초승달은 동쪽 숲에 뻗어 나오고
풍경소리 절간 그늘에 울려 나올 때
바람이 높이 불어 잎이 막 떨어져도
비가 많이 내려 귀가할 꿈도 못 꾸겠지.
선산仙山에 살자던 약속은 멀어지고
강호에는 술병만 깊어 가리라.
함관령咸關嶺 넘어 기러기 오지 않으니
돌아온다는 오빠 소식 어디서 들을거나.

端甫肄業山寺有寄단보이업산사유기
新月吐東林신월토동림　磬聲山殿陰경성산전음
高風初落葉고풍초낙엽　多雨未歸心다우미귀심
海岳幽期遠해악유기원　江湖酒病深강호주병심
咸關歸鴈少함관귀안소　何處得回音하처득회음

❋ 여성 문인의 상징과도 같은 허난설헌許蘭雪軒(1563~1589)이 이십대 초반에 지었다. 십대 후반인 동생 허균이 공부에 전념한다며 산사로 들어갔다. 동생이 안쓰럽기도 하고, 고맙기도 해 안부를 전할 겸 시를 지어 보냈다. 바뀐 달이 숲 위로 솟아오르고 풍경 소리가 나직이 들리는 밤이 되면 집으로 돌아오고 싶은 마음이 불쑥 일겠지. 하지만 비가 많이 내린 뒤라 길을 나설 엄두가 나지 않으리라. 함경도 갑산으로 유배 간 둘째 오빠로부터는 편지가 전혀 없다. 돌아오겠다는 반가운 소식 전할 기러기는 그 높다는 함관령에 막혀 못 오는가 보다. 오빠는 술로 세월을 보내고 있을 것만 같다. 선경仙境에 옹기종기 모여 살자던 우리 형제의 약속은 언제나 이루어질까? 소식 전하니 학업에 힘을 기울이기 바란다.

제 2 부

승(承)

삶을 살아내다

한 해를 보내며

이익

골짜기로 가는 긴 뱀처럼
서둘러 해가 넘어가는 때라
눈앞으로 지나는 세월을 보며
오랫동안 상념에 젖어 있다.
나이 든 얼굴은 움츠러들어
귀밑머리엔 서리가 내려앉고
추위는 기세등등하여
나뭇가지엔 눈이 얹혀 있다.

글 읽는 사람이니
스스로 힘써야 할 뿐
청산 밖 세상사야
내가 뭘 알겠는가.
아름다운 약속을 남겨 두어
술동이를 가득 채워 놓고서
꽃을 피울 첫 바람의
그날을 기다리노라.

次古韻 차고운

赴壑脩鱗日不遲 부학수린일부지　　年光閱眼久尋思 연광열안구심사
衰容縮瑟霜添鬢 쇠용축슬상첨빈　　寒意憑凌雪在枝 한의빙릉설재지
黃卷中人須自勉 황권중인수자면　　靑山外事也何知 청산외사야하지
十分盞酒留佳約 십분잔주유가약　　會待花風第一吹 회대화풍제일취

❀ 영조 대의 실학자 성호星湖 이익李瀷(1681~1763)이 한 해가 저물어 가는 세밑에 쓴 시다. 해를 보내며 즐거움에 들떠 있는 이가 과연 몇 이나 될까? 세밑에는 잊고 지냈던 세월의 흐름이 의식 속으로 들어오 고, 나이와 건강과 해놓은 일이 자연스럽게 떠오른다. 즐거운 기억에 만 젖을 수 있다면 얼마나 좋을까마는, 대부분 주름살 깊은 얼굴처럼 우울함만 자아낸다. 해가 넘어가는 시기는 남이나 세상에 관심을 돌 릴 여유도 없이 나 자신에게만 집중할 때다. 이익 같은 철인哲人도 청 산 밖 세상사는 모르겠다고 했다. 꽃피는 봄이나 되어야 몸도 마음도 다시 세상 밖으로 나갈 여유를 되찾을 수 있을 것이다.

『한국통사』를 읽고

이건승

망국의 아픔이 가시자 새삼 느끼노니
그 아픔이 너무도 깊고 깊다는 것
광노狂奴는 옛 버릇 버리지 못하고
아직도 구슬픈 노래를 부르고 있다.

눈앞에는 엄동설한 풍경이
지금 이렇게나 가득하니
어느 때나 날이 풀려
푸른 하늘 보게 되려나.

讀痛史독통사

痛定方知痛更深통정방지통경심　狂奴故態尙悲吟광노고태상비음
滿目窮陰今似此만목궁음금사차　陽生何日見天心양생하일견천심

82

✸ 구한말의 항일 우국지사 경재耕齋 이건승李建昇(1858~1924)이 친구이자 독립운동가인 백암白巖 박은식朴殷植의 『한국통사韓國痛史』를 읽고 지었다. 망국의 아픔이 어느 정도 진정되고 정신을 차리니 망국의 통한은 더 뼈저리게 다가왔다. 박은식은 나라가 망하자 스스로를 광노狂奴, 미친놈이라고 자책하면서 호를 '태백광노太白狂奴'라 쓰고 망국의 아픔을 곱씹었다. 그리고 아픈 마음을 추슬러 그 원인과 과정을 분석해 역사서를 썼다. 혼백을 잃지 않으면 나라를 다시 살릴 수 있다며 기 꺾이고 풀 죽어 있던 고국 국민의 기운을 북돋웠다. 『한국통사』를 읽고 엄동설한의 대지에 곧 햇볕이 들어 푸른 하늘을 볼 수 있기를 희망한 이건승처럼 모든 국민이 희망을 잃지 않기를 소망했다. 그 위대한 저술이 지금으로부터 100여 년 전인 1915년 6월 중국 상하이에서 간행되었다.

8월 15일

이색

호기가 하늘을 찌르던 시절에야
천지가 넓은 줄 알기나 했었겠나!
병들어도 붓을 던지기는 어려웠고
늙어도 관모를 못 벗어 던지겠네.
가을은 고향 생각과 함께 찾아오고
부엌의 대화 속에 밤은 깊어 가네.
향 사르자 신명이 강림하신 모양이니
처자식과 단란하게 살도록 살펴 주소서.

十五日 십오일

豪氣凌雲處 호기능운처   那知天地寬 나지천지관
病難投我筆 병난투아필   老不掛吾冠 노불괘오관
秋與鄉情動 추여향정동   夜從廚語闌 야종주어란
焚香如降格 분향여강격   妻子願團欒 처자원단란

❈ 고려 말의 문호 목은牧隱 이색李穡(1328~1396)이 1380년 추석을 맞아 쓴 시다. 한 해의 수많은 날 가운데 하루인 음력 8월 15일이 되었다. 하지만 그저 365분의 1이 아닌, 아주 특별한 날이다. 특별한 날이라 그런지 그동안 살아온 인생이 주마등처럼 스쳐 지나간다. 젊은 시절에는 능력과 패기만 믿은 채 세상 넓은 줄도 모르고 천방지축 살았다. 세상에 부대끼며 상처를 주고받았다. 이제 쉰 살을 넘기고 보니 몸은 늙고 병들었다. 그렇다고 붓을 던지거나 벼슬자리를 호기롭게 팽개칠 만큼 여유롭거나 안정된 인생도 아니다. 오늘은 추석, 치열하게 살아온 나날에 방점 하나를 찍는다. 문장이고, 벼슬이고 삶에 지칠 때면 고향과 식구라는 기본이 다시 떠오른다. 그렇게 가을은 고향에 대한 그리움과 함께 다가오고, 음식을 장만하며 주고받는 대화에 밤은 조금씩 깊어 간다. 차례를 올리고 나자 조상의 신령이 강림한 듯한 느낌이다. 다른 소망은 없다. 처자식들과 함께 단란하게 살 수만 있다면 좋으니 신령들이 보살펴 주길 빈다.

어린 딸

이명오

해를 넘겨 남쪽에 머물다 말을 타고 돌아오는 길
찌든 가난에 모진 고생을 굳이 물어 무엇 할까.
집사람은 아련하게 달을 보고 있을 테고
어린 딸도 멀뚱멀뚱 난간 잡고 쳐다보겠지.

겨울옷을 기운다며 자를 대고 부산 떨거나
두 볼에 분칠하며 화장한다 설칠 텐데.
솜옷 입고 숲속 길을 헤쳐 가는 사람처럼
가시가 옷에 걸려 걸음걸음 힘겹구나.

幼女 유녀

連歲南征信馬還 연세남정신마환 長貧更不問辛酸 장빈갱불문신산
家人杳杳應看月 가인묘묘응간월 幼女憨憨與倚欄 유녀감감여의란
補綻寒衣空尺寸 보탄한의공척촌 抹塗雙頰解鉛丹 말도쌍협해연단
正如絮襖行林裏 정여서오행림리 梢棘句牽步步難 초극구견보보난

86

❀ 정조와 순조 연간의 저명한 시인 박옹泊翁 이명오李明五(1750~1836)
는 젊은 시절 일 때문에 집을 떠나 남쪽 땅에서 해를 넘겼다. 오랜만
에 말을 타고 집으로 돌아가는 길이다. 가장이 떠나 있는 동안 서울
집은 고생이 말이 아니었을 테지. 찌든 가난 속에서 하루하루를 버티
느라 집사람은 얼마나 힘들었을까? 아마 지금쯤 달을 보며 아련히 남
편을 그리워하고 있지 않을까? 그 곁에서 어린 딸은 엄마의 속내를
짐작도 못 한 채 멀뚱멀뚱 달을 쳐다보고 있으리라. 그러고 보니 딸이
못 견디게 보고 싶다. 엄마 따라 설쳐 댈 딸아이의 귀여운 모습이 눈
에 선하다. 딸아이가 눈에 밟혀 앞을 향해 나아가기조차 힘들다. 마치
솜옷이 나뭇가지와 가시에 걸려 힘겹게 산길을 걷는 듯하다. 대장부
가 이래도 되는가 싶다.

문안편지

이안눌

문안편지 쓰면서 천신만고를 말하려다
백발 노모 걱정할까 겁이 나서 그만뒀네.
북관이라 눈이 많아 천 길 높이 쌓였어도
올겨울엔 따뜻하여 봄날 같다 써놓았네.

국경은 멀고 산은 높고 도로는 험난하여
북쪽 사람 서울 가면 세밑에나 들어가네.
봄날에 부치면서 가을이라 날짜 써서
근래 안부로 아시도록 어머님께 부쳤네.

寄家書기가서

欲作家書說苦辛 욕작가서설고신　恐教愁殺白頭親 공교수쇄백두친
陰山積雪深千丈 음산적설심천장　却報今冬暖似春 각보금동난사춘

塞遠山長道路難 새원산장도로난　蕃人入洛歲應闌 번인입낙세응란
春天寄信題秋日 춘천기신제추일　要遣家親作近看 요견가친작근간

❋ 광해군 대의 저명한 시인 동악東岳 이안눌李安訥(1571~1637)이 함경도 종성에서 쓴 칠언절구 2수다. 이안눌은 1599년 10월 스물아홉 나이에 함경도 병마평사로 부임해 그다음 해 귀경했다. 봄이 되어 서울에 계신 어머니에게 문안편지를 쓰면서 두 가지 거짓말을 했다. 큰 전쟁 뒤끝의 국경에서 겪은 고생이 지긋지긋해 그 소식을 쓰려다 문득 그만두었다. 늙은 홀어머니가 걱정이 태산 같을까 봐 우려해서다. 겨우내 쌓인 눈 때문에 힘들었지만 올해는 봄날처럼 따뜻했다고 썼다. 서울까지 길이 멀고 험해 지금 편지를 부쳐도 연말에나 도착할지 모른다. 그래서 아예 가을에 쓴다고 적었다. 어머니는 최근 소식으로 알고 안심하리라. 편안히 잘 지낸다는 서른 살 아들의 문안편지는 말짱 거짓말이다. 편지를 받고 어머니는 감쪽같이 속았을까? 편지의 행간에 묻어 있는 진정에 눈물을 흘렸을 것만 같다.

이사

정도전

오 년 동안 세 번이나 집을 옮겼고
올해도 또다시 사는 곳을 옮겼다.
벌판 넓은 곳에 오막살이 초가집
높은 산에는 고목이 듬성듬성하다.
농부들은 남 질세라 성명을 묻고
옛 친구는 편지마저 끊어 버렸다.
천지야 능히 나를 받아 줄 테지.
표표히 가는 대로 맡겨 둬 보자.

移家이가

五年三卜宅오년삼복택　今歲又移居금세우이거
野闊團茅小야활단모소　山長古木疎산장고목소
耕人相問姓경인상문성　故友絶來書고우절래서
天地能容我천지능용아　飄飄任所如표표임소여

❀ 조선 개국 공신인 삼봉三峯 정도전鄭道傳(1342~1398)이 1382년에 지었다. 원대한 이상을 꿈꾸던 정도전을 권력을 세습한 이들이 그냥 놓아둘 리 없었다. 유배와 핍박이 잇따라, 학도를 가르치던 집이 헐리면 그때마다 삶의 터전을 옮겼다. 삼봉재三峯齋에서 부평으로, 부평에서 다시 김포로 이사하고 보니 심기가 막막하다 못해 뒤틀린다. 5년 동안 벌써 세 번째인데, 아니나 다를까 올해도 또 이사다. 드넓은 벌판에 오막살이 한 채가 새집의 주소요, 높은 산에 듬성듬성 서 있는 고목이 새집의 조경이다. 스산하기 짝이 없다. 생면부지 농부들은 뉘 시냐며 반갑게 물어 오건만, 개경의 옛 친구들은 뜸하던 안부편지마저 뚝 끊어 버렸다. 인심이란 원래 그런 거지. 세상이 아무리 나를 내쫓아도 천지는 언제나 받아 줄 것이니, 되어 가는 대로 운명에 맡겨 보자. 막막하던 심경에서 벗어나, 그래 한번 해보자며 오기가 솟는다.

서울을 떠나며

강세진

해진 가죽옷에는 이슬이 내려앉고
추위에 떠는 말은 새벽종을 뚫고 간다.
청파동 냇물과는 몇 번이나 작별했던가.
남산 자각봉은 잊으려도 잊지를 못하겠다.
석양은 장승에 비껴 쪼이고
가을빛은 산을 불콰하게 만들었다.
들녘 저편에 주막이 멀지 않은지
숲 건너에서 저녁 방아 찧는 소리 들려온다.

發洛城 발낙성

弊貂生白露 폐초생백로   寒馬犯晨鐘 한마범신종
幾別靑坡水 기별청파수   難忘紫閣峯 난망자각봉
夕陽侵堠子 석양침후자   秋色醉山容 추색취산용
野店知非遠 야점지비원   隔林聽暮舂 격림청모용

❀ 18세기의 경상도 상주 선비 경현警弦 강세진姜世晉(1717~1786)이 서울에 왔다 돌아가는 길에 쓴 시다. 강세진은 서울에서 살다 십대 말엽 경상도로 낙향한 뒤 과거시험을 보거나 친구를 만나기 위해 가끔 상경했다. 성문을 여는 종소리를 들으며 말을 타고 남대문 밖을 나오니 이슬이 옷을 적신다. 성문과 멀어지면서 청파동 냇물, 남산 자각봉에도 작별을 고했다. 추억이 서린 곳들이라 마음이 처연해진다. 한강을 건너고 과천을 지나가려 할 때, 석양빛에 비낀 길가의 장승이 저녁이니 쉬어 가라고 말하는 것 같다. 보이는 산마다 단풍이 붉게 물들어 마치 술에 취한 듯하다. 숲 저편에서 방아 찧는 소리가 들려온다. 그 어름에는 주막이 있을 테니 서둘러 과객의 고단한 몸과 마음을 눕혀야겠다.

강마을

신익전

눈 내리는 강마을에 날이 저물어
어스름 속 과객은 마음 바쁘다.
개 짖는 소리 울타리 가에서 들리고
횃대에 오른 닭이 창가에 보인다.
베개를 베도 지겹도록 잠이 안 들어
괜한 시름을 시 속에 풀어 놓는다.
아련하여라, 십 년 세월 인생사여
부평초로 동서를 쏘다녔구나.

江村 강촌

雨雪江村暮 우설강촌모   蒼茫客意迷 창망객의미
籬邊聞犬吠 이변문견폐   窓畔見鷄棲 창반견계서
孤枕偏難睡 고침편난수   閑愁只漫題 한수지만제
悠悠十年事 유유십년사   萍梗走東西 평경주동서

❀ 인조 대의 문신이자 시인인 동강東江 신익전申翊全(1605~1660)이 어느 겨울날 썼다. 오랜만에 강변 집으로 돌아가는 길, 하필이면 눈이 내리고 날이 저문다. 벌판에 깔리는 어둠에 마음이 바빠져 걸음을 재촉한다. 집에 도착해 보니 개 짖는 소리와 닭장의 모습이 변함없는 고향집 풍경이라 안도의 한숨이 절로 나온다. 지친 몸을 눕혔으나, 어찌 된 일인지 잠이 완전히 달아나 버렸다. 다시 일어나 붓을 들어 이런저런 생각을 끼적거리다 보니 지난 10년 동안 겪은 일들이 밑도 끝도 없이 아련히 떠오른다. 부평초처럼 동서를 오가며 뭔가 이루어 보려 했건만, 눈 속에 파묻힌 집처럼 모든 것이 허망하게 세월에 묻혔다.

딱따구리

강진

산 늙은이 한밤중에 지게문 열고서
사방을 둘러보다가 투덜거리네.
"얄미워라, 저놈의 딱따구리!
누가 마실 온 줄 알았네그려."

峽行雜絶협행잡절

山翁夜推戶산옹야추호   四望立一回사망입일회
生憎啄木鳥생증탁목조   錯認縣人來착인현인래

✿ 헌종 대의 시인이자 검서관檢書官을 지낸 대산對山 강진姜溍(1807~1858)은 서울을 떠나 강원도 일대를 여행할 때 산골마을 사람들이 살아가는 모습을 몇 편의 시로 인상적이게 묘사했다. 이 시는 그 연작시 가운데 하나다. 매우 짧은 순간 눈앞을 스쳐 지나간 풍경이다. 한밤중에 노인이 방문을 열고 마당으로 나와 사방을 획 둘러보고는 다시 방으로 들어간다. 노인이 마당으로 나온 이유는 딱따구리 때문이다. 딱따구리의 나무 쪼는 소리를 이웃 마을에 사는 친구가 찾아와 문을 두드리는 소리로 착각해 서둘러 나온 것이다. 그러나 인기척은커녕 사방이 고요하다. 에이! 오늘도 저놈에게 또 속았군. 허탈하게도 늘 딱따구리란 놈에게 속는 것은 사람이 그리운 탓이다. 밤하늘의 한없는 고요는 어디선가 나를 찾아올 사람을 기다리게 만든다.

공주 우거에서

서명인

부귀를 이뤄 보려 꿈을 꾸면서
젊을 적엔 운명을 믿지 않았지.
하는 일마다 어찌 그리 뜻과 다른지
몸은 벌써 나이 든 축에 들어가더라.
바람 부는 언덕에 올라 잎 스치는 소리도 듣고
개울가에 다가앉아 물 위에 뜬 얼굴도 살펴본다.
도포 자락 휘날리며 들판을 가는 저 사람
멀리서도 맹 생원인 줄 금세 알겠다.

蓼寓雜律 요우잡률

富貴曾思力 부귀증사력　少時未信天 소시미신천
事何多背意 사하다배의　人已向衰年 인이향쇠년
聽木臨風岸 청목임풍안　觀身坐石泉 관신좌석천
白衣飄野逝 백의표야서　遙認孟生員 요인맹생원

❀ 18세기의 시인 서명인徐命寅(1725~1802)은 1763년 잠깐 충청도 공주에 내려가 있었다. 우연히 사건에 휘말려 하는 일 없이 세월을 보냈다. 무료하게 지내려니 밑도 끝도 없이 온갖 생각이 일어난다. 지금은 포기했으나 한때는 부귀를 쟁취하겠다며 애쓴 적이 있고, 운명을 믿지 않고 병법을 공부해 변화를 꾀한 적도 있다. 그러나 뜻대로 된 일 하나 없이 이제 곧 마흔 줄이다. 할 일도 없고 친구도 없으니 발길 가는 대로 언덕에 올라 잎새에 스치는 바람 소리에 귀 기울여 보고, 개울가에 앉아 얼굴을 뜯어보기도 한다. 그 순간 흰 도포 자락 펄럭이며 들판을 가로질러 가는 사람이 눈에 들어온다. 맹 생원이다. 저리 가는 모습을 보니 좋은 일이 있는 것은 아닐까? 그는 아직 희망을 포기하지 않았는지도 모른다.

밤에 앉아

심헌지

칠순이 바짝 다가와 마음은 조급하고
오막살이 신세로 곤궁함을 견디네.
시든 풀로 허기 때우려니 명마는 과거가 그립고
빈숲에 살자 하니 학은 가을바람에 울적하네.

시름이 찾아오면 누룩 짜서 술 석 잔 들이켜고
병든 뒤에는 굴원의 「이소」를 한바탕 읊조린다.
백발에도 나라 걱정은 떠나지 않으니
밤 깊어 사위어 가는 등잔불이 붉은 마음 비추네.

夜坐야좌

七旬將滿意恩恩칠순장만의총총　身世蓬廬耐苦窮신세봉려내고궁
敗草驪飢懷往日패초려기회왕일　虛林鶴棲感秋風허림학서감추풍
愁來頓遜仍三酌수래돈손잉삼작　病後離騷又一通병후이소우일통
白首猶爲民國慮백수유위민국려　夜闌殘燭照心紅야란잔촉조심홍

100

＊ 정조와 순조 대의 시인 묵소默所 심헌지沈獻之(?~?)가 일흔 살을 앞두고 착잡한 심경을 표현했다. 촛불 앞에 혼자 앉아 있으니 이런저런 상념이 밀려온다. 칠순 노인이 되었건만 이룬 것 하나 없이 오두막을 지키는 신세다. 허기를 때우고 나니 호의호식하던 옛날이 그립고, 쓸쓸히 홀로 있자니 불어오는 가을바람이 마음을 울적하게 한다. 기세 좋던 명마와 기품 있던 학이 늙은 뒤 볼품없어진 꼴이다. 술을 꺼내 몇 잔 들이켜고, 밀려난 사람들의 심경을 담은 노래를 불러 본다. 형편없어진 제 주제는 생각지 않고 나라 걱정은 왜 그리 쓸데없이 많은지. 빨갛게 타는 등잔불 심지를 보니 헛웃음만 나온다.

내가 사는 법

정경세

병에 젖어서 병든 줄을 까맣게 잊고
늘 한가하니 한가함이 되레 싫구나.
섬돌을 올려 쌓아 맑고 푸른 물을 내려보고
나뭇가지 잘라 내어 산봉우리 드러낸다.
대나무에 물을 주며 아침저녁 다 보내고
구름을 뒤쫓아서 갔다가는 그냥 돌아온다.
밤이 되면 할 일이 더는 없기에
달을 마중하러 사립문에 기대선다.

卽事즉사

慣病渾忘病관병혼망병　　長閑却厭閑장한각염한
補階臨淨綠보계임정록　　刊樹露屛顏간수노병안
灌竹晨仍夕관죽신잉석　　尋雲往復還심운왕부환
淸宵更無事청소갱무사　　邀月倚松關요월의송관

❊ 조선 중기의 저명한 문신이자 학자인 우복愚伏 정경세鄭經世(1563~
1633)는 오랫동안 병석에 누워 있었다. 긴 병을 앓다 보니 무료하고
심심해 못 견디겠다. 그래서 병자라는 사실도 잊은 채 소일거리를 찾
아본다. 계단을 고쳐 맑은 못에도 내려가 보고, 무성한 가지를 쳐 푸
른 산도 후련하게 보이게 한다. 대나무에 물을 준다며 아침저녁 괜히
왔다 갔다 하고, 흰 구름을 찾아 산 아래까지 내려갔다 돌아온다. 낮
에는 그럭저럭 시간을 보낼 수 있어 좋다. 문제는 밤이다. 더는 소일
거리가 없어 달을 구경한다는 핑계로 문밖을 나서 하늘을 올려다본
다. 병과 더불어 살아가는 법을 알 것만 같다.

서울 길에서 벗을 만나다

조지겸

춘뜨기가 우연히 한양성을 들어가면서
썩은 새끼줄로 낡은 안장을 칭칭 동여맸지.
고관을 겁내 아이 종은 허겁지겁 피하고
큰길에 들어서니 말도 한사코 뒷걸음쳤네.

꾀죄죄한 옷차림에 먼지 온통 뒤집어썼고
풀만 먹어 앙상하고 낯짝은 두꺼웠으리.
살가웠던 벗들조차 알아보지 못하고서
똑바로 마주쳐도 시골 샌님으로 보았네.

戲贈周卿丈 희증주경장

田夫偶爾入長安 전부우이입장안　　朽索累累縛破鞍 후삭누루박파안
僅畏達官忙引避 동외달관망인피　　馬臨周道苦盤桓 마림주도고반환
荷衣冷落皆蒙垢 하의냉락개몽구　　茶色憔枯更厚顏 채색초고갱후안
靑眼故人多不識 청안고인다불식　　相逢枉作校生看 상봉왕작교생간

❀ 숙종 대의 문신 오재汚齋 조지겸趙持謙(1639~1685)이 친구 최후상崔
後尙에게 준 시다. 벼슬에서 쫓겨난 뒤 광주 구포鷗浦에 틀어박혀 지
내다 오랜만에 서울 나들이를 했다. 우연히 만난 옛 친구에게 반갑게
인사하려 했더니 친구는 누구인지 알아보지 못한다. 서운함에 발길을
돌리려 할 때 그제야 친구는 행색이 너무 초라해 알아보지 못했다며
술을 대접했다. 술을 마시고 난 뒤 장난삼아 시를 써주고 유쾌하게 웃
으며 헤어졌다. 그러나 개운치 않은 감정이 완전히 가신 것은 아니다.
인간사 씁쓸함을 맛본 기분이 호쾌한 웃음기에 배어 있다.

가을 뜻

성여학

베개 베고 뒤척이다 밤중에 일어나 앉아
등불 심지 돋우고서 상념에 잠겨 든다.
숲속이 휑해져 바람은 쉽게 지나가도
하늘이 멀어져 기러기는 천천히 날아온다.
비가 오려는지 꿈속까지 들이치고
가을빛은 시마저 붉게 물들인다.
소양궁에 물시계가 그칠 무렵이면
밝은 달은 서쪽 연못에 떨어지겠지.

秋意추의

撫枕中宵坐무침중소좌　挑燈有所思도등유소사
林疏風過易임소풍과이　天迥雁來遲천형안래지
雨意偏侵夢우의편침몽　秋光欲染詩추광욕염시
昭陽宮漏歇소양궁루헐　明月下西池명월하서지

✽ 선조 대의 시인 학천鶴泉 성여학成汝學(1557~?)이 어느 가을밤 잠 못 이루며 뒤척이던 사연을 시로 읊었다. 잠을 자려고 베개를 베고 누웠지만 도통 잠이 오지 않아 한밤중에 벌떡 일어나 다시 등불을 켰다. 이런저런 생각이 떠오르고 밤은 점점 더 깊어 갔다. 밖에서는 낙엽이 떨어지고 휑한 숲으로 바람이 빠르게 지나가는 소리가 이어졌다. 기러기가 날아올 때지만 하늘이 높아 울음소리 들리지 않았다. 바람이 부는지, 비가 내리는지 꿈속까지 서늘함에 젖어들고 시마저도 가을빛에 물들어 갔다. 아무래도 오늘밤은 잠자기 글렀다. 소양궁(후비后妃, 즉 임금의 아내가 거처하던 궁전)의 잠 못 드는 후궁처럼 서쪽 연못으로 달이 질 때까지 서늘함에 젖은 채 가을빛에 물든 시나 써야겠다.

눈 속에서 홀로 술을 마시고

이진망

펄펄 내리는 눈을 마주 보니
어찌 술을 마시지 않을 수 있나.
석 잔으로는 채워지지 않아서
마시다 보니 한 말까지 마셨구나.

雪裏獨酌 설리독작

坐對紛紛雪 좌대분분설   那能不飮酒 나능불음주
三杯猶未足 삼배유미족   行且到盈斗 행차도영두

❖ 경종 대의 문신 도운陶雲 이진망李眞望(1672~1737)은 대제학과 형조 판서 등 고관을 역임하고 영조의 사부가 된 명망가였다. 이진망은 술을 좋아했으나 대인관계를 잘하고자 다른 사람과는 술을 마시지 않고 홀로 음주를 즐겼다. 비가 내리면 한 잔 마시고 매화가 피면 한 잔 마시되, 술이 가장 간절한 순간은 눈이 내릴 때였다. 뭐라고 형언할 수 없는 천지 변화로 촉발된 감동이 그로 하여금 술잔을 들게 했다. 눈이 몹시 내리는 어느 겨울날, 날리는 눈을 보며 술을 마시다 대취했다. 눈이 저렇게 내리는데도 술 생각이 나지 않는다는 것은 있을 수 없다. 한 잔, 두 잔 홀로 기울이다 보니 한 말을 비웠다. 주량을 자랑하려는 뜻이 아니다. 대설은 말술로도 다 채워지지 않는 벅찬 흥분을 안겨준다.

인제 가는 길

이광찬

이쪽저쪽 남김없이
불에 타고 도끼로 찍어 내고
봄빛이 화사할 산꼭대기
온통 휑하니 비어 있네.

나이 든 농부는
밭을 가느라 쉬지 않고
소를 모는 소리만이
흰 구름 속에 가득하네.

麟蹄道中 인제도중

火燒刀斫遍西東 화소도작편서동   春色山頭一半空 춘색산두일반공
年老田翁耕不輟 연로전옹경불철   叱牛聲在碧雲中 질우성재벽운중

❀ 영조 대의 시인 중옹中翁 이광찬李匡贊(1702~1766)은 봄이 한창 무르익을 무렵 동해안에 가려고 길을 나섰다. 큰 산이 이어지는 강원도 인제 산길은 신록이 우거진 멋스러운 풍경을 나그네에게 선물하는 곳이었건만, 이제는 수십 년 전 낡은 이야기가 되어 버렸다. 길 양쪽 눈길이 닿는 곳마다 산꼭대기까지 휑하다. 화전민이 농사를 짓는다며 불을 놓고 도끼로 나무를 찍어 내 남아 있는 것이 없다. 영조 시대 판 개발의 현장이다. 봄철 낭만을 찾으려던 시인이 되레 머쓱해진다. 개간의 덕을 조금 보는 늙은 농부를 탓할 수는 없다. 그나마 산길의 정취를 전하는 것은 산비탈 자갈밭에서 울려오는 "이랴, 이랴!" 소몰이 소리다. 시인 귀에는 황폐해지는 산림을 걱정하는 숲의 신들의 한숨 소리로 들린다.

시골 마을 꽃

이광현

시골 마을 꽃은 오두막집을 환히 밝히고
대로의 버들은 높다란 담장을 덮었다.
병이 들어 문을 닫고 지냈거니
잠깐 노닌다고 어찌 미쳤다 하랴.
나무하는 아이는 피지도 않은 꽃가지를 머리에 꽂았고
나물 캐는 소녀는 한창 자라는 나물을 뜯는다.
시냇가에 쓸쓸히 앉았노라니
그대 다가와 한잔하자 권하네.

村花촌화

村花明小屋촌화명소옥　官柳覆高墙관류복고장
廢門緣多病폐문연다병　偸閑豈是狂투한기시광
樵童簪未發초동잠미발　菜女折方長채녀절방장
溪上悄然坐계상초연좌　君來勸一觴군래권일상

112

❊ 영조 대의 문인 이광현李匡顯(1707~1776)의 시다. 30년간 부산 기장에서 유배 생활을 하며 느낀 고독을 뛰어난 의술로 병자를 고치거나 시를 쓰면서 달랬다. 기나긴 겨우내 집 밖을 나서지 않았다. 몸이 아픈 탓이라고 해두자. 봄도 되고 해서 모처럼 바람을 쐬려고 동네를 한 바퀴 돌았다. 여린 꽃이 피어 촌티를 벗은 오두막 초가집과 버들가지 늘어진 큰 집 담장이 먼저 눈에 들어온다. 그사이 계절이 바뀌었다. 꽃가지를 머리에 꽂은 아이들과 나물 캐는 소녀들이 앞을 지나간다. 멋지고 활기차다. 시냇가에 쓸쓸히 홀로 앉아 있었더니 어디선가 동네 사람이 나타나 "술 한잔하시렵니까?" 물어온다. 그를 따라 일어선다. 못 마시는 술이라도 한잔해야겠다.

매화

이광려

창문 가득 스며드는
대나무 긴 그림자
밤 깊어 남쪽 사랑에
달이 떠올랐다.

이 몸 정녕 그 향기에
흠뻑 젖었는가?
바짝 다가가 코를 대도
조금도 모르겠구나.

梅매

滿戶影交脩竹枝 만호영교수죽지   夜分南閣月生時 야분남각월생시
此身定與香全化 차신정여향전화   嗅逼梅花寂不知 후핍매화적부지

❀ 영조 대의 문인 월암月巖 이광려李匡呂(1720~1783)가 매화를 읊었다. 밤 깊어 달이 둥그렇게 떠올랐다. 창문에 대나무 가지 그림자가 뒤섞여 어른거리는 것만 봐도 알 수 있다. 사방이 고요해 낮 동안의 분잡함에서 멀리 벗어났다. 이제 조용히 나만의 시간을 가질 때다. 시간이 얼마나 흘렀을까. 문득 한쪽에 놓인 매화에 바짝 다가가 향기를 맡아 본다. 향기가 전혀 느껴지지 않는다. 아! 몸 전체가 매화 향기에 푹 젖었으니 무슨 향을 맡을 수 있으랴. 매화 향기에 사로잡혀 매화가 나고, 내가 매화다.

매화가 지고 달이 찼다

박제가

창 밑에는 매화나무 몇 가지 뻗고
창 앞에는 보름달이 둥글게 떴다.
맑은 달빛 빈 등걸에 살포시 스며
시든 꽃잎 이어받아 피고 싶은가.

梅落月盈 매락월영

窓下數枝梅 창하수지매   窓前一輪月 창전일륜월
清光入空査 청광입공사   似續殘花發 사속잔화발

❀ 정조 대의 실학자이자 저명한 문인인 초정楚亭 박제가朴齊家(1750~
1805)가 청년 시절에 지었다. 매화에 죽고 못 사는 문인이 많던 시대
에 감수성 예민한 시인 박제가는 매화가 지는 아쉬움을 시로 달랬다.
창밖의 매화나무 가지마다 꽃이 피어 하루하루 황홀함에 젖은 채로
시간을 보내고 있었다. 그런데 이제 꽃이 거의 다 져 서운한 이별의
시간이 다가왔다. 이날은 고맙게도 달이 휘영청 밝은 음력 보름께. 환
한 달빛이 매화가 져 버린 빈 가지 위로 쏟아진다. 그때 두 눈을 의심
했다. 전처럼 매화가 핀 것이 아닌가! 아, 달빛조차 이미 떨어진 매화
로 되살아나 빈 가지에 꽃을 피우고 싶은가 보다. 매화가 지고 난 뒤
에도 매화의 환영幻影이 눈과 마음을 사로잡는다.

되게 추운 날

박지원

북악은 높게도 깎아지르고
남산은 소나무가 새까맣다.
솔개 지나가자 숲은 오싹하고
학이 울고 간 하늘은 새파랗다.

極寒극한

北岳高戌削 북악고술삭   南山松黑色 남산송흑색
隼過林木蕭 준과임목숙   鶴鳴昊天碧 학명호천벽

❀ 정조 대의 문호 연암燕巖 박지원朴趾源(1737~1805)이 몹시도 추운 어느 겨울날 서울 풍경을 묘사했다. 제목이 「극한極寒」이지만 춥다는 글자 하나 쓰지 않았다. 늘 보던 북악 큰 바위가 오늘따라 더 날카롭게 솟아 있고, 남산 소나무는 파랗다 못해 검다. 그렇잖아도 오싹한데 솔개까지 지나가니 숲은 더 움츠러들어 적막하다. 그 적막한 창공을 가르며 "꽥" 하고 우는 학의 소리에 새파랗게 얼어붙은 하늘도 금이 갈 듯하다. 기온이 급강하한 서울의 산과 숲, 하늘, 새를 보여 줄 뿐인데 읽는 독자는 소름이 돋을 만큼 한기가 엄습해 온다.

　이 시는 음성적 효과에서도 탁월하다. 시어 하나하나가 지극히 추운 느낌을 소리로 표현하고 있다. 북北·악岳·삭削·흑黑·색色·목木·숙肅·학鶴·벽碧의 입성入聲, 그것도 〔ㄱ〕 음이 끊임없이 반복된다. 전체 글자의 절반이 폐쇄음이다. 또 1구에서 3구까지 마지막 글자가 삭削·색色·숙肅으로, 초성은 〔ㅅ〕이고 〔ㄱ〕 입성이 반복되어 을씨년스러운 느낌을 준다. 원문의 시어가 대부분 입을 다문 소리로, 너무 추워 입을 악다문 듯한 상태를 표현했다. 시를 읊기만 해도 춥다. 너무 추워 아무도 돌아다니지 않는 적막한 겨울 풍경이다.

갑산과 헤어지고

이충익

마음이 너무 슬퍼
맨 정신으론 도저히 못 헤어지고
술에 취해 헤어지고
깨고 나자 슬픔만 더해지네.

성 위의 높다란 망루며
성안의 큰 나무여!
강을 건너면서
머리 돌려 작별도 못 했구나!

別夷山 별이산
心悲不敢醒時別 심비불감성시별 醉別醒來只益悲 취별성래지익비
城上高樓城裏樹 성상고루성리수 未曾回首過江時 미증회수과강시

❀ 정조와 순조 대의 학자 초원椒園 이충익李忠翊(1744~1816)이 1779
년 봄, 현재의 북한 양강도 갑산군을 떠나며 지었다. 1755년 을해옥
사乙亥獄事에 연루되어 이충익의 생부 이광현李匡顯은 영남 기장으로,
양부 이광명李匡明은 갑산으로 유배되었다. 그때부터 그는 국토의 남
북 양끝을 오가며 무려 20여 년을 두 아버지를 봉양하는 데 보냈다.
1778년 11월 양부가 유배지에서 사망하자 그다음 해 봄 시신을 고향
에 모시며 드디어 갑산과 영이별하게 되었다. 갑산은 청춘을 악몽처
럼 소비하게 한 끔찍한 곳. 그러나 사람도, 풍경도 담뿍 정이 들었다.
만감이 교차해 맨 정신으로는 떠날 수 없다. 이별주를 마다 않고 마셔
만취한 채 떠나오고 말았다. 깨고 나니 오히려 더한 슬픔이 밀려온다.
힘겨운 청춘의 모습을 지켜보던 망루며, 정들었던 나무 하나하나에
마지막 인사조차 못 했다. 기가 막힌 젊은 날의 풍경이 너무도 초초草
草하게 가슴속에 묻혔다.

눈밭에 쓴 편지

이규보

눈빛이 종이보다 새하얗기에
채찍 들어 이름 석 자 써 두고 가니
바람아 부디 눈을 쓸지를 말고
주인이 돌아오길 기다려다오.

雪中訪友人不遇 설중방우인불우

雪色白於紙 설색백어지　　擧鞭書姓字 거편서성자
莫教風掃地 막교풍소지　　好待主人至 호대주인지

❀ 고려 명종 대의 문신이자 문호인 백운거사白雲居士 이규보李奎報 (1168~1241)가 서른 살 전후에 쓴 시다. 공직에 진출하지 못해 불안과 불만으로 하루하루를 보내던 시절이다. 눈이 많이 내리는 어느 날, 말에 올라타 친구를 찾아갔으나 친구가 외출한 터라 만나지 못했다. 하지만 이규보는 집 안에 들어가 기다리지도, 또 그냥 돌아오지도 않았다. 발길을 되돌려 나오다 집 앞 하얀 눈밭에 제 이름 석 자를 써 놓았다. 그리고 바람에게 당부했다. 주인이 돌아와서 볼 수 있도록 이름을 덮어 버리지 말아 달라고. 눈을 맞으며 친구를 찾아간 것도 운치 있지만, 그 집 식구가 아닌 눈밭에 내가 왔다 가노라는 사연을 명함처럼 박아 놓은 일도 운치 있다. 집에 돌아온 친구는 그 이름을 보고 어떤 마음이 들었을까? 이 젊은 친구들에게는 직접 만나 쏟아 놓는 한없는 사설보다 순백의 설원에 써 놓은 무언의 대화가 더 큰 위로가 되었으리라.

단풍바위 아래 고요한 서재

남극관

서리 맞아 짙거나 옅은 단풍잎
물감 모아 비단 나무 만들었구나.
빈 서재에 할 말 잊고 앉은 채로
잎에 떨어지는 빗소리를 듣노라.

楓岩靜齋秋詞 풍암정재추사
霜葉自深淺 상엽자심천　總看成錦樹 총간성금수
虛齋坐忘言 허재좌망언　葉上聽疎雨 엽상청소우

❀ 숙종 대의 문인 몽예夢囈 남극관南克寬(1689~1714)이 썼다. 목석이 아닌 다음에야 누군들 가을 단풍에 잠시 마음이 설레지 않을 수 있으랴. 남극관은 다리가 불구라 외출이 자유롭지 못했다. 단풍철이라고 남들처럼 산과 들로 훌쩍 떠날 수 있는 처지도 아니다. 하지만 계절을 느끼는 감각이 둔하기는커녕 오히려 더 예민하다. 서리가 내린 뒤 울긋불긋해진 잎들은 총천연색 비단 옷감처럼 보이고, 빈 서재에 홀로 앉아 있는 그의 귀에는 마른 잎사귀를 간질이는 빗방울 소리가 들려온다. 모든 감각이 예민하게 들떠 있다. 조용히 틀어박혀 있다고 무감각한 것이 아니다. 마음은 벌써 가을에 젖어 있다.

성근 울타리

신택권

길옆의 소나무 울타리 겨우 한 길 높이인데
바람에 많던 잎 떨어지고 눈에 눌려 가지 꺾였다.
소를 모는 촌뜨기도 심드렁히 들여다보고
말을 타고 웬 놈은 흘낏거리며 지나간다.

막걸리에 벗 부를 때 이웃집 불이 밝혀 주고
청산이 막지 않아 석양빛이 잘 들기는 하나
이 늙은이 제아무리 한없이 게을러도
봄이 되면 보수해야지 저대로 놔두겠나.

疎籬 소리

夾道松籬一丈矬 협도송리일장좌　風摧密葉雪摧柯 풍최밀엽설최가
驅牛傖父尋常見 구우창부심상견　騎馬何人睥睨過 기마하인비예과
白酒呼朋隣火照 백주호붕인화조　青山無礙夕陽多 청산무애석양다
縱然此老疎迂甚 종연차로소우심　修葺春來肯任他 수즙춘래긍임타

126

❀ 영조와 정조 대의 시인 저암樗庵 신택권申宅權(1722~1801)은 행인이
자주 오가는 길갓집에 살았다. 키 작은 소나무로 울타리를 친 집이다.
가을 지나 겨울이 되자 잎은 떨어지고 가지는 꺾여 휑하다. 지나가는
행인은 너나없이 그 틈으로 집 안을 흘끔거리니, 알량한 살림살이 밑
천이 다 드러나는 듯하다. 이웃집의 불빛 덕을 좀 보고, 석양빛도 고
즈녁이 들어와 좋은 점이 없지는 않다. 그래도 사생활이 침해받는 것
은 견딜 수 없다. 봄이 오면 손 좀 보리라 굳게 다짐한다.

신창 가는 길

김익

메밀꽃은 피어나고 콩잎은 노랗고
건너편 숲 주막에는 저녁 햇살 내려앉고
장승은 응달에 서서 말을 걸어오고
잘 새는 바람에 날려 도로 솟아오르고

나무 곁에 소는 울며 볏단을 날라 오고
풀밭에 귀뚜라미는 서늘한 바람 당겨 오고
가던 구름 빗발 뿌려 한쪽 들판 어둑하고
돌길 걷는 지친 나귀 어둠 깔려 더 바쁘다.

新昌道中 신창도중

蕎麥花開豆葉黃 교맥화개두엽황 　隔林山店隱西光 격림산점은서광
堠人暝立如相語 후인명립여상어 　棲鳥風翻還欲翔 서조풍번환욕상
樹外牛鳴輪遠稼 수외우명수원가 　草間蛩響引新涼 초간공향인신량
歸雲漏雨郊陰黑 귀운누우교음흑 　石逕羸驂傍夜忙 석경리참방야망

128

❀ 정조 대 영의정을 지낸 죽하竹下 김익金熤(1723~1790)이 젊은 시절 충청도 아산의 신창 고을을 지나가다 지었다. 저녁 무렵 들녘을 바라보며 걷는다. 어디에 시선을 두어도 가을 정취가 물씬 풍긴다. 눈에 담아두기에는 너무 많은 정겨운 사물들, 아쉬운 대로 조금만 말해 보련다. 메밀꽃, 콩잎, 산 아래 주막집, 길가의 장승, 자러 드는 새, 볏단 나르는 소, 풀밭 귀뚜라미. 그리고 지나가던 구름마저 아쉬운 듯 몇 줄기 비를 뿌리고, 나귀도 어둡기 전 도착하고자 걸음을 재촉한다. 깊어 가는 가을 풍경 아래서 서울내기는 자신도 풍경의 일부가 된 듯 감상에 젖는다.

동지 후 한양에 들어와 자다

남상교

인생에서 모였다 흩어지기는
구름이나 안개 같은 것
다 제쳐 두고 서로 만나
한바탕 웃고 나면 그만이지.
나그네 되는 인연은
눈 오는 밤에 흔히 만들어지고
시를 읊는 자리는
매화 필 때 차례가 오네.

집에 머물러 선정에 드니
절에 간 것과 한가지라
술을 얻어 실컷 마셔대며
배 같은 술잔 엎어 버리네.
지척에 두고 하염없이
꿈결인 양 떠오르는 사람
이런 때도 보기 어려우니
사뭇 더 그리워지네.

至後入城宿版泉지후입성숙판천

人生聚散摠雲烟인생취산총운연 且可相逢一燦然차가상봉일찬연
作客因緣多雪夜작객인연다설야 吟詩次第到梅天음시차제도매천
在家禪定同蕭寺재가선정동소사 得酒貪饕廢玉船득주탐철폐옥선
只尺依依如夢境지척의의여몽경 此時難見更堪憐차시난견갱감련

❀ 순조와 헌종 연간의 천주교도이자 저명한 시인인 우촌雨村 남상교
南尙敎(1784~1866)가 세모에 썼다. 한겨울 시골에서 서울로 올라와 벗
들과 만났다. 나이 들고 보니 만남과 헤어짐이 무상하다. 구구한 사연
일랑 다 접어 두고 담소 나누며 잠깐이나마 즐겁게 보내자. 돌아보면
눈 내리는 세모에는 자주 바깥나들이를 해 벗들과 어울리며 시를 지
었다. 올해도 마찬가지다. 절간처럼 조용히 지내다 술을 얻어 실컷 취
했다. 그러고 나니 자리를 함께하지 못한 벗이 자꾸 떠오른다. 취기
탓인가? 가까운 곳에 있어도 만나지 못하는 사람이 몹시도 그리워지
는 겨울밤이다.

소나무

이황중

솔방울이 큰 바람에 떨어져
우연히 집 모퉁이에 자라났네.
가지와 잎 하루하루 커 가고
마당은 하루하루 비좁아졌네.
도끼 들고 그 밑을 두세 번 돌았어도
끝내 차마 찍어 없애지 못했네.
날을 택해 집을 뽑아 떠났더니
이웃들이 미친놈이라며 손가락질했네.

雜詩 잡시

松子隨長風 송자수장풍　偶然生屋角 우연생옥각
柯葉日已長 가엽일이장　庭宇日已窄 정우일이착
持斧繞其下 지부요기하　再三不忍斫 재삼불인작
卜日拔宅去 복일발택거　鄰里指狂客 인리지광객

✽ 19세기 전기에 감산자甘山子 이황중李黃中(1803~?)이 쓴 시다. 이황중은 평생을 기인으로 살았다. 어느 날 솔방울 하나가 바람에 날려 집 모퉁이에 떨어졌다. 대수롭지 않게 여겼더니 싹이 트고 가지와 잎이 자랐다. 또 별거 아니다 싶어 그냥 내버려두었더니 날이 다르게 자라나 마당을 넓게 차지했다. 비좁은 마당을 소나무가 독차지하겠다 싶어 도끼를 들고 찍어 없애려 했다. 그런데 도저히 내려치지 못하고 포기하고 말았다. 결국 살던 집을 소나무에게 내주고 이사를 했다. 이삿짐 뒤로 "저 미친놈 봐라!" 하며 비웃는 소리가 들려왔다. 나무를 뽑으려다 도리어 살던 집을 뽑아 버리다니 바보천치요, 미친놈이다. 우연한 생을 얻어 자라는 나무를 차마 죽이지 못하고 굳이 자기가 떠나야 했을까. 생명을 향한 연민의 슬픈 우화다.

나루터에서 배를 다투다

신익전

발걸음이 금강가에 이르렀더니
앞다투어 건너는 이들 빼곡하구나.
무슨 일로 저렇게 서둘러댈까?
위험하고 뒤집혀도 아랑곳없네.
에라! 내버려두고 말 걸지 말자.
요로要路라서 뒤질세라 건너나 보다.
빈 배가 부딪치든 말든 놔두고서
저편 언덕에서 내려다볼 사람 있으리.

觀競渡者有感관경도자유감

行到錦江上 행도금강상　　爭渡指如束 쟁도지여속
不知緣底忙 부지연저망　　渾忘危且覆 혼망위차복
且置勿復道 차치물부도　　要津人競逐 요진인경축
誰能在彼岸 수능재피안　　任他虛舟觸 임타허주촉

✸ 인조 대의 시인 동강東江 신익전申翊全(1605~1660)이 강을 건너려다 만감이 교차해 썼다. 여행 도중에 금강 나루터에서 배를 기다렸다. 작은 나룻배가 닿자 사람들이 우르르 몰려들어 먼저 타려 다투었다. 다투다 배가 뒤집힐 수도 있는데 그런 위험은 상관조차 하지 않는다. 저들에게 위험하다고 말한들 소용없다. 뒤처져서는 안 되는 인생의 중요한 길목 중 하나이니 물러서지 않는다. 그 꼴이 관직을 놓고 사생결단 싸우는 정객들의 행태와 똑같다. 강 건너 저편 언덕으로는 다투는 이들을 내려다보며 웃고 있는 사람이 보이는 듯하다. 빈 배가 와 부딪쳐도 성내지 않고 빙그레 웃으면서 말이다. 『장자』「산목山木」 편에 "배를 타고 강물을 건널 때 어디선가 빈 배가 와서 부딪치면 설령 마음이 좁고 조급한 사람이라도 화를 내지 않는다"는 말이 있듯이, 경쟁에 초연한 사람이 없어 아쉽다.

새해를 맞아

최익현

새해 되어 기분 풀려고 지나온 길 찾았더니
바람 불고 구름 덮여 날 흐릴까 걱정이다.
운명에 몸 맡기면 나쁜 상황 다 걷히고
사랑 품고 남 대하면 모두가 친구 되지.

위기에 처했을 때 남의 손을 어찌 믿으랴.
재앙 내린 조물주가 뉘우침을 곧 보리라.
큰 강에 찬비 내려 마음 가장 아쉽나니
그대 보내며 적셔 오는 눈물 어쩌면 좋을까?

新年得韻 신년득운

春生料理舊岐尋 춘생요리구기심　只恐風雲翳作陰 지공풍운예작음
隨命置身無惡境 수명치신무악경　懷仁接物摠知音 회인접물총지음
扶傾曷恃時人手 부경갈시시인수　悔禍將看上帝心 회화장간상제심
最是長江寒雨裏 최시장강한우리　不堪送子淚沾襟 불감송자누첨금

❀ 조선 말기의 학자이자 애국지사인 면암勉庵 최익현崔益鉉(1833~ 1906)이 흑산도에 유배된 1879년 새해를 맞아 지었다. 강화도 사건 (1875년 운요호사건)으로 일본과 수교를 맺으려 하자 도끼를 들고 광화문에서 상소를 올렸다 쫓겨난 처지다. 해가 바뀐 김에 기분도 전환할 겸 지나온 길을 되돌아보니 비바람 치고 구름 덮인 어두운 기억밖에 떠오르지 않는다. 이제부터는 새 운명에 몸을 맡길 터라 최악의 상황에서는 벗어나겠지. 사랑의 심정 담아 남을 대하고자 하니, 모두가 마음 여는 친구 되리라 기대해 본다. 문제는 나라요, 사회다. 위기 극복을 돕겠다며 손 내미는 남을 믿어도 좋을까? 절대 그렇지 않다. 우리 스스로 해결하려고 애쓸 때 위기와 재앙을 내린 하늘도 진정으로 후회할 것이다. 곁에 있던 사람이 떠나 마음 아픈 것만 빼고는 새로운 희망에 기대를 걸어 본다.

아버지 소식

최성대의 누이동생

창밖에는 적적한 비, 창 안에는 환한 등불
새벽녘에 그 누가 내 집 문을 두드릴까?
오백 리 고개 너머에서 사람이 찾아와
한 달 내내 고대하던 편지를 전해 주네.

아버지는 관아 일에 줄곧 평안하시고
작은 오빠 책방에서 잘 지낸다 적혀 있네.
서글퍼라, 겨우내 뵙지를 못했으니
먼 하늘 바라보는 이 마음 어쩔거나!

得寧衙消息 득녕아소식

春窓寂歷雨燈虛 춘창적력우등허　　五夜云誰叩弊廬 오야운수고폐려
人自半千脩嶺外 인자반천수령외　　書傳一朔渴望餘 서전일삭갈망여
高堂政體連平吉 고당정체연평길　　仲氏文帷善起居 중씨문유선기거
怊悵三冬違定省 초창삼동위정성　　遠天回首意何如 원천회수의하여

❀ 영조 대 저명한 시인인 최성대崔成大(1691~1762)의 누이동생이 썼다. 누이 역시 시를 잘 지었다. 아버지 최수경崔守慶이 강원도 영월 원님으로 갔고 오빠도 따라갔다. 누이는 서울 집에 머물러 있어 겨우내 한 번도 만나지 못했다. 봄비 내리는 적막한 새벽녘, 영월에서 편지가 왔다. 반가운 마음에 부리나케 읽어 보니 아버지도, 오빠도 잘 지낸다는 소식이 담겨 있다. 고대하던 소식을 들은 누이는 창문을 열고 영월 쪽 하늘을 물끄러미 바라본다. 그리움이 한층 더 밀려온다.

봄날에 그대 기다리네

송희갑

강가에는 수양버들
산에는 꽃 피는데
이별에 속 태우며
홀로 한숨 토해내네.

지팡이에 겨우 기대
문밖 나서 바라보니
그대는 오지 않고
봄날은 저물어 가네.

春日待人 춘일대인

岸有垂楊山有花 안유수양산유화　離懷悄悄獨長嗟 이회초초독장차
强扶藜杖出門望 강부여장출문망　之子不來春日斜 지자불래춘일사

✿ 선조 대의 시인 송희갑宋希甲(?~?)은 어려서부터 신동 소리를 들었고, 대시인이라는 석주石洲 권필權韠에게 시를 배웠다. 그러나 안타깝게도 시집은 전하지 않으며, 집안사람인 우암尤庵 송시열宋時烈이 전해 준 몇 수만 선집에 실려 있다. 이 시는 임과 헤어진 처자의 마음이 되어 이별을 노래했다. 봄날, 여기저기 녹음이 짙고 깊은 산중에도 꽃이 피었다. 모든 것이 봄을 즐기는 때, 나는 오히려 혼자다. 함께하고 싶은 사람이 멀리 떠나 이별의 아픔에 속을 태우며 한숨만 내쉰다. 아픔이 깊어 몸도 가누지 못할 지경이나 겨우 지팡이에 몸을 기대어 문밖을 나섰다. 마냥 기다려도 임은 오지 않고 따사로운 해는 뉘엿뉘엿 기운다. 내 청춘도 그렇게 속절없이 흘러간다.

처녀 적 친구에게

허난설헌

사는 집은 오래된 길가에 있고
흘러가는 큰 강물을 날마다 보고 있다.
거울 속에서 난새* 홀로 시들어 가고
꽃핀 동산에서 나비 저는 벌써 가을이다.
찬 모래밭에 기러기 막 내려앉고
저녁 비 맞으며 배만 홀로 돌아온다.
밤새도록 비단 창문 닫아거노니
옛적에 놀던 일이 어쩜 그리 그리울까.

寄女伴 기여반

結廬臨古道 결려임고도 　日見大江流 일견대강류
鏡匣鸞將老 경갑난장로 　花園蝶已秋 화원접이추
寒沙初下雁 한사초하안 　暮雨獨歸舟 모우독귀주
一夕紗窓閉 일석사창폐 　那堪憶舊遊 나감억구유

❀ 허난설헌許蘭雪軒(1563~1589)이 친구에게 편지를 부쳤다. 결혼하기 전 친하게 지냈던 친구가 소식을 궁금해한다는 이야기를 들었나 보다. 주저리주저리 쓰느니 몇 글자 시로 근황을 적어 보낸다. 사는 곳은 큰길가, 과거로 통해 있어. 집앞을 흐르는 큰 강물을 날마다 하염없이 바라만 봐. 결혼 생활을 말해 줄까? 내 거울 속에서는 짝 잃은 난새가 늙어 가. 동산에 꽃이 피어도 소용없어. 나비 저만 홀로 가을인 듯 꽃을 찾지 않고 있지. 나는 늘 혼자야. 강을 바라보니 날이 추워진 모래밭에 벌써 기러기 날아와 앉고, 저녁 비 내려 배가 한 척 돌아왔어. 하지만 나를 찾는 이는 없어. 깊은 밤까지 창문을 열 일은 일어나지 않아. 너와 함께 놀았던 즐거운 시절이 사무치게 그립지 않을 수 있겠어? 너는 잘 지내.

* 난새: 홀로 지내는 여인을 비유한다. 새장 속 난새 한 마리가 3년 동안이나 울지 않았다. 외로움을 달래라고 거울을 넣어 주었더니 제 그림자를 거울에 비춰 보고 슬프게 울면서 한 번 치솟았다 죽었다. ─『예문유취(藝文類聚)』 권 90, 「난조시서(鸞鳥詩序)」.

찬바람 부는 새벽

유경종

찬바람이 소나무를 스쳐 일어나
허름한 집 창문 넘어 들어오는데
등불 켜고 새벽같이 일어나 앉자
낙엽은 마실 간 이 돌아오는 듯.
수척한 몸을 거북이같이 움츠리고
침침한 눈에 안경 끼고 책을 본다.
잠이 없는 이웃집 노파에게선
기침 소리 우레 치듯 들려오누나.

二十六日 陰風寒 曉枕口占 이십육일 음풍한 효침구점

寒吹行松起 한취행송기　疎屋隔戶來 소옥격호래
明燈拂曉坐 명등불효좌　落葉似人回 낙엽사인회
瘦骨龜同席 수골귀동석　昏眸鏡借開 혼모경차개
無眠隔屋嫗 무면격옥구　咳嗽響如雷 해수향여뢰

✽ 영조 대의 문인으로 경기도 안산에 살았던 선비 해암海巖 유경종柳慶種(1714~1784)이 쉰 살 겨울에 지었다. 겨울철 새벽에 한기를 느껴 잠에서 깼다. 소나무 숲을 지나온 찬바람이 창문 틈으로 스며든다. 등불을 켜 어둠을 몰아내자 문밖에서 낙엽 구르는 소리가 들려온다. 마실 나갔던 사람이 돌아오는 소리를 낸다. 으스스해 거북이처럼 몸을 움츠린 채 돋보기를 끼고 책을 펼쳤다. 그때 들려오는 우레 같은 기침 소리. 이웃집 노파는 갈수록 잠이 없어지나 보다. 기침 소리가 새벽 분위기를 더 스산하게 한다. 어느 추운 겨울날 새벽에 쓴 낙서 같은 작품이다.

산거

허경윤

사립문서 삽살개가 마구 짖지만
창밖에는 흰 구름만 자욱하구나.
돌길이니 어느 누가 찾아오리오.
봄 숲에선 새만 절로 울고 있어라.

山居산거

柴扉尨亂吠시비방난폐   窓外白雲迷창외백운미
石逕人誰至석경인수지   春林鳥自啼춘림조자제

❈ 인조 대의 학자 죽암竹庵 허경윤許景胤(1573~1646)은 남명南冥 조식 曹植의 제자로 고향에서 남을 가르치는 일에 평생을 바쳤다. 깊은 산 중에서 함께 지내는 삽살개가 뜬금없이 사립문을 향해 컹컹 짖어 댄 다. 이 깊은 산골에 사람이 찾아올 리 없으련만, 저놈이 왜 저리 짖을 까? 창을 열고 내다봤다. 사람은커녕 흰 구름만 자욱이 내려앉아 주 위를 분간할 수 없다. 그럼 그렇지. 험한 돌길 헤치고 여기까지 누가 찾아오겠는가. 개 짖는 소리를 듣고 친구가 왔나 기대하며 밖을 내다 본 자신이 우습다. 그 순간 숲속 어디에선가 새 우는 소리가 들려온 다. 아무도 찾아오지 않은 것이 아니었다. 삽살개가 혹시 저 새를 향 해 짖었던 것일까? 겨우내 누군가를 마냥 기다리는 마음을 새가 흔들 어 놓았다. 봄이 훌쩍 왔나 보다.

과천 집 뜰에서는

김정희

뜨락 한켠 복사꽃이 눈물 흘리네.
하필이면 가랑비가 오고 있는데.
주인이 오래도록 병에 걸려서
봄바람에 방긋 웃지 못하나 보다.

果寓即事과우즉사

庭畔桃花泣정반도화읍　　胡爲細雨中호위세우중
主人沈病久주인침병구　　不敢笑春風불감소춘풍

✤ 헌종 대의 문신 추사秋史 김정희金正喜(1786~1856)는 만년에 경기도 과천에서 살았다. 병석에서 봄을 보내던 어느 날이었다. 비 내리는 마당가에 서 있는 복사꽃이 눈에 들어왔다. 함초롬히 빗물을 머금고 핀 꽃이 마치 눈물 고인 눈으로 나를 쳐다보는 소녀의 자태 같다. 가랑비를 맞고 서 있는 모습이 애처롭다. "복사꽃이 봄바람에 웃고 있다(도화소춘풍桃花笑春風)"고 해야 제격인데, 거꾸로 눈물을 흘리고 있다. 아무래도 병들어 누워 있는 내가 가여워 활짝 웃지 못하는 거겠지. 복사꽃은 내가 애처롭고, 나는 복사꽃이 애처로워 견딜 수 없다. 바깥세상에서는 모두가 봄바람에 웃고 있어도, 울안의 복사꽃만은 나를 위해 울고 있다. 과천 집 울안에서 꽃과 노인 둘이 울고 있다.

밤비

윤기

밤비가 작정하고 나를 속이고
자는 사이 부슬부슬 몰래 내렸네.
아침에 꽃을 보니 눈물에 젖어
가장 긴 가지에서 붉게 드리웠네.

夜雨야우

夜雨如相欺야우여상기　乘睡暗霏霏승수암비비
曉看花淚濕효간화루습　紅亞最長枝홍아최장지

❀ 순조 연간의 문인 무명자無名子 윤기尹愭(1741~1826)가 예순 살에 지은 시다. 무덤덤하다가도 나이가 들면 꽃잎 하나에도 마음이 움직인다. 아침 일찍 일어나 밖을 나왔더니 비에 흠뻑 젖은 꽃이 눈에 들어온다. 길게 뻗어 나온 꽃가지는 붉은 꽃의 무게로 처져 있다. 머리 수그린 채 울고 있는 청초한 붉은 꽃가지는 남아 있는 잠결을 확 깨운다. 그랬구나. 지난밤 자는 사이 기척도 없이 비가 내렸다. 남이 눈치챌까 싶어 숨죽이고 내린 비나, 고개를 숙인 채 눈물 흘리는 꽃이나 무슨 사연이라도 있나 보다. 그 사연이 무엇인지 알 수는 없어도 붉은 꽃잎 무더기에 마음이 설렌다.

눈

정창주

밤도 아닌데
봉우리마다 달이 떴고
봄도 아닌데
나무마다 꽃이 피었네.
천지 사이에는
오로지 검은 점 하나
날 저물어 돌아가는
성 위의 까마귀 한 마리!

雪 설

不夜千峰月 불야천봉월　非春萬樹花 비춘만수화
乾坤一點黑 건곤일점흑　城上暮歸鴉 성상모귀아

❋ 인조 대의 문신 만주晩洲 정창주鄭昌冑(1608~1664)는 선조 시대 영의정을 지낸 아계鵝溪 이산해李山海의 외손자다. 놀랍게도 이 시를 일곱 살 때 지었다. 어느 겨울날 큰 눈이 내려 천지가 하얗게 덮이자 일곱 살 아이는 갑자기 시심이 일었다. 온통 눈에 덮인 설경을 어떻게 묘사해야 좋을까? 밤에나 뜨는 달이 오늘은 모든 산에 밝게 떴고, 봄에나 피는 꽃이 오늘은 모든 나무에 활짝 피었다. 온 세상이 달빛처럼 하얗고, 꽃처럼 화려하다. 그 순간 순백의 천지에 티끌 하나 나타났다. 저물녘 자러 가는 까마귀란 놈 하나가 막 성 위를 날아가고 있다. 옥에 티처럼 하얀 천지에 찍힌 까만 점 하나! 그런데 그 점이 오히려 세상을 더 하얗게 보이게 한다. 순수한 동심에 비친 설경이 한 천재의 손끝을 통해 산뜻하게 살아났다.

12월 7일의 일기

유만주

인간만사 아무리 떠올려 봐도
마음에 끌리는 것 하나 없지만
한 가지 고질병은 여전히 남아
상아찌에 꽂힌 책을 사랑한다네.

일 년처럼 긴 하루를
어떡하면 얻어 내어
보지 못한 천하의 책
남김없이 읽어 볼까.

初七日戊子초칠일무자
萬事思量無係戀만사사량무계련 惟有牙籤一癖餘유유아첨일벽여
安得一日如一年안득일일여일년 讀盡天下未見書독진천하미견서

❀ 영조와 정조 대의 문인 통원通園 유만주兪晩柱(1755~1788)가 서른 살인 1784년 12월 초이렛날 아침에 쓴 시다. 잠에서 깨어 보니 밤새 큰 눈이 쌓였고, 그 위로 또 눈이 내리면서 바람까지 세차게 불었다. 몹시 추워 이불 밖으로 나오지 않고 베개를 낀 채 시상을 가다듬으며 시를 지었다. 추운 겨울이 되어 이제 한 해도 저물어간다. 남은 인생에서 정말 하고 싶은 일이 무엇인지 생각해 봐도 좋을 때다. 이것저것 떠올려도 마음 쏠리는 일 하나 없다. 오로지 하나, 상아찌(코끼리 어금니로 만든 책갈피)를 꽂아 서가에 쌓아놓은 책을 읽는 것만이 마음을 사로잡을 뿐이다. 1년 365일처럼 긴 하루는 없을까? 아직 읽지 못한 천하의 모든 책을 그 하루에 모조리 읽어 버리고 싶다. 저물어가는 한 해가 아쉬운 것은 읽고 싶은 책을 다 읽지 못해서다.

제 3 부

전(轉)

삶이 다가오다

내 생애

조석주

성 밑의 달팽이집이 다름 아닌 내가 사는 집
성 모퉁이 척박한 땅이 바로 내 생계이지.
직책을 벌써 반납해 할 일 없어 홀가분하나
환곡을 애써 구해도 부족하여 걱정이다.

물살이 잔잔한 물굽이에는 물고기가 새끼를 낳고
비가 많이 온 앞산에는 고사리순이 솟아나지.
강호에서 한가롭게 사는 정취는 물씬 나기에
만호후萬戶侯 정승도 이보다 낫진 않으리라.

偶吟 우음

城下蝸廬是我家 성하와려시아가　城隅薄土卽生涯 성우박토즉생애
官銜已納欣無事 관함이납흔무사　公糴勤求患不多 공적근구환부다
曲浦波恬魚産子 곡포파념어산자　前山雨足蕨抽芽 전산우족궐추아
閑居飽得江湖趣 한거포득강호취　萬戶三公莫此過 만호삼공막차과

❀ 숙종 대의 문인 백야白野 조석주趙錫周(1641~1714)가 나이 들어 지었다. 조석주는 쉰 살이 넘어 낮은 관직 생활을 5~6년간 하다 은퇴했다. 평생을 거의 특별한 직업 없이 보낸 그가 어느 날 생애를 되돌아봤다. 사는 집은 성 밑의 오두막이고, 생계는 소출이 적은 척박한 농토에 불과해 참 곤궁한 인생이다. 퇴직하고 나니 홀가분하기는 하나, 환곡을 많이 얻지 못해 늘 굶주림에 허덕인다. 여유가 없는 살림살이지만 그렇다고 죽으란 법은 없다. 물고기가 새끼를 많이 치는 물굽이를 잘 알고, 고사리순이 지천인 산자락도 앞에 있다. 배는 고파도 전야에서 여유롭게 사는 멋을 즐기고 있다. 이런 생활이라면 정승보다 낫다고 허세를 부려도 될 법하다.

한가하다

홍신유

담 모퉁이 회화나무는
땅바닥 여기저기 꽃을 뿌리고
억세던 구름장이 걷혀
하늘도 모처럼 활짝 갰다.
태평성대 사람인 양
비스듬히 누워 보니
남쪽 하늘 별 사이로
달도 함께 배회한다.

하늘 밖이라 끝없이
동해바다 넘실댄다.
이 세상 그 어디에
서울이란 데가 있나?
재주 있는 사람치고
바쁘지 않은 자 있을까?
다행히도 재주 없어
나만 홀로 한가롭다.

閒中 效鍾伯敬江行俳體한중 효종백경강행배체

墙角槐花灑地斑장각괴화쇄지반　晴空一解駁雲頑청공일해박운완
人方偃臥羲皇上인방언와희황상　月亦徘徊斗牛間월역배회두우간
天外無邊東海水천외무변동해수　人間何處漢陽山인간하처한양산
有才豈有不忙客유재기유불망객　惟喜無才我獨閒유희무재아독한

❀ 영조 대의 문관 백화자白華子 홍신유洪愼猷(1724~?)는 부산에 내려
가 몇 년 동안 머물렀다. 한여름 모처럼 먹구름이 걷혀 날이 시원하게
갰다. 산들바람도 불자 노란 꽃들이 후드득 떨어져 대지를 수놓는 회
화나무 아래에 누워 맑게 갠 하늘을 물끄러미 바라본다. 영락없는 태
평성대의 한가로운 백성이다. 이전투구泥田鬪狗의 비좁은 서울을 벗
어나니 동해가 끝없이 펼쳐진다. 여기는 하늘 밖. 재주가 없어 여기로
왔고 덕분에 무척이나 한가롭다. 바쁜 세상은 재주 많은 이에게 맡기
고 나는 저 넓은 하늘과 바다를 즐겨야겠다. 참 다행이다.

낙지론 뒤에 쓴다

안정복

가난한 선비라서 살림살이는 옹색할망정
조물주에 다 맡기고 살아가는 것이 기쁘다.
숲 가꾸고 꽃 심으려 힘쓸 일도 아예 없고
못을 파고 폭포 만드는 공사는 벌이지도 않는다.

물고기랑 새랑 제 풀에 와서 벗이 되어 주고
시내와 산이 둘러서서 집과 창을 보호한다.
그 속의 참 즐거움은 천 권의 책에 있나니
손길 가는 대로 뽑아 보면 온갖 잡념 사라진다.

題樂志論後제낙지론후
貧士生涯本隘窮빈사생애본애궁　卜居惟喜任天工복거유희임천공
林花不費栽培力임화불비재배력　潭瀑元無築鑿功담폭원무축착공
魚鳥自來爲伴侶어조자래위반려　溪山環擁護窓櫳계산환옹호창롱
簡中眞樂書千卷개중진락서천권　隨手抽看萬慮空수수추간만려공

✤ 영조와 정조 대의 학자 순암順庵 안정복安鼎福(1712~1791)이 전원에서 사는 멋을 적었다. 자유롭게 사는 행복을 노래한 중국 후한 시대의 학자 중장통仲長統의 「낙지론」 뒤에 써서 자신의 삶도 그것보다 못하지 않다는 행복감을 표현했다. 시골에 사는 옹색한 인생이라고 꼭 나쁘기만 한 것은 아니다. 조물주가 하는 대로 다 내버려 두어도 괜찮다. 가만있어도 숲과 꽃, 못과 폭포가 눈을 즐겁게 하고, 부르지 않아도 새와 물고기가 찾아오며, 산과 물이 집을 꾸며 준다. 그렇게만 살아도 더는 바랄 것이 없는데, 마음 가는 대로 책을 꺼내 읽는 여유로움까지 즐긴다. 세상에서 누리는 청복淸福이 바로 이런 것이 아닐까 싶다.

박대이에게

정두경

잘난 사람 못난 사람 가릴 것 있나?
술 즐기면 그게 바로 우리 편이지.
푸른 하늘에 달이 뜨면 언제나
백옥 술병 기울여 함께 마시네.
헛된 이름은 일소에 부쳐 버리고
흠뻑 취해야 못난 축에 들지 않으리.
나를 찾는 친구가 나타나거든
도성 서쪽 술집에 가 물어보게나.

贈朴仲說大頤 증박중열대이

何知賢不肖 하지현불초　　嗜酒卽吾徒 기주즉오도
每對靑天月 매대청천월　　同傾白玉壺 동경백옥호
浮名堪一笑 부명감일소　　熟醉未全愚 숙취미전우
有客如相訪 유객여상방　　城西問酒爐 성서문주로

❀ 인조와 효종 대의 명사 동명東溟 정두경鄭斗卿(1597~1673)의 시다. 거침없고 호방한 시풍을 자랑하던 정두경에게는 허풍이 세다는 비판도 함께 따라다녔다. 이 시는 그래도 덜한 편이다. 좋으니 나쁘니, 잘났느니 못났느니 사람을 평가해 줄세우지 말자. 술을 즐기는 사람 모두가 친구다. 중천에 달이 아름답게 뜨면 바로 술병 기울여 함께 마시자. 출세니, 성공이니 하는 것은 몽땅 구름 잡는 이야기다. 우리는 흠뻑 취하지 않는 놈을 못난이로 본다. 혹여 나를 찾는 이가 있거든 도성 서쪽 그 술집에 벌써 가 있노라 말해 주고, 자네도 빨리 오게나. 이 시는 술을 마시러 오라고 친구에게 보낸 전갈이다. 허풍이 없지 않지만 권력이나 명예나 부를 내세워 거들먹거리는 속물스러운 허세에 비하면 천진하다.

해포에서

이산해

세상만사는 예로부터 뜻대로 안 되는 법
백발에는 전원에 가 눕는 것이 제격이지.
초야에 묻혀 사는 넉넉함을 알고 있으니
조정에서 기억해 주지 않은들 뭐가 아쉬우랴.

베개 베고 누우면 해포의 파도 소리 들려오고
발을 걷으면 오서산 산빛이 밀려든다.
동계거사 아우님이 때때로 찾아와서
술기운에 격한 말로 늘 나를 일으킨다.

蟹浦 해포

萬事從來意不如 만사종래의불여　白頭端合臥田廬 백두단합와전려
已諳丘壑生涯足 이암구학생애족　肯恨朝廷記憶疎 긍한조정기억소
蟹浦潮聲欹枕後 해포조성의침후　烏栖山色捲簾初 오서산색권렴초
東溪居士時相訪 동계거사시상방　得酒狂談每起予 득주광담매기여

❋ 선조 대 영의정을 지낸 아계鵝溪 이산해李山海(1539~1609)가 만년에 고향인 충청도 보령에서 지었다. 해포는 고향 바닷가의 이름이다. 가장 높은 자리까지 올랐어도 뜻대로 되지 않기는 마찬가지다. 분노와 아쉬움을 삭이기에 좋은 곳은 그래도 고향 바닷가다. 고향집에 누워 있으면 해포에서 들려오는 조숫물 드나드는 소리와 오서산에서 밀려드는 산빛에 울퉁불퉁한 마음이 가라앉는다. 가끔 아우인 동계거사 이산광李山光이 찾아와 술 몇 잔 마시고 술기운을 빌려 격한 말을 쏟아 낸다. 그 말에 속이 뒤집히는 때를 빼고는 마음이 참 한가롭다.

달밤에 탁족하기

정학연

창포만큼 장수에 좋은 것이
탁족이라 들어 와서
천천히 걸어 강가로 나갔더니
달빛도 서늘하다.
묵은 때를 벗겨 보내려니
고결한 백로한테 부끄럽고
세상 먼지에 찌들어서
마름풀 향기에 미안하다.

발을 담갔다 뺐다 하니
자맥질 잘하는 사다새와 똑같고
때를 씻어 하얘지니
흰 돌을 꾸짖어 만든 양*과 같다.
항상 이상하게 생각했었지.
비단옷 걸친 부귀한 자들은
황금 대야에 온수 떠놓고
평상 곁을 떠나지 않는다니.

月夜濯足 월야탁족

曾聞濯足敵昌陽 증문탁족적창양　　緩步汀沙月色凉 완보정사월색량
膩垢漂流羞鷺潔 이구표류수로결　　軟塵濡染惱蘋香 연진유염뇌빈향
沈浮政似淘河鳥 침부정사도하조　　皓白眞同叱石羊 호백진동질석양
常怪世間紈袴子 상괴세간환고자　　金盆溫水不離床 금분온수불리상

❋ 순조 대의 시인 유산酉山 정학연丁學淵(1783~1859)은 1824년 여름 「더위를 물리치는 여덟 가지 방법消暑八事」이란 제목으로 여덟 수의 시를 썼는데 마지막 작품이 바로 이 시다. 아버지 다산茶山 정약용丁若鏞이 같은 주제로 쓴 시에 차운해 지었다. 무더운 날 달이 밝게 떠오르자 집 가까이 있는 한강으로 나가 발을 담근다. 묵은 때를 벗기고 세상사에 찌든 마음까지 씻어 낸다. 더러운 때를 흘려보내는 것이 강에 사는 백로나 마름풀에게는 정말 미안한 일이다. 하지만 강물에 발을 담갔다 빼니 내가 사다새고, 때를 씻어 하얘지니 흰 돌로 만든 양과 다름없다. 내가 마치 강의 일부가 된 듯하다. 이렇게 더운 날에도 황금 세숫대야에 따뜻한 물을 떠 놓고 방 안에 앉아 발을 씻는 부잣집 자식들이 있다고 한다. 그들이 이 맛을 알까 모르겠다.

＊ 흰 돌을 꾸짖어 만든 양: 중국 한(漢)나라 때 도사 황초평(黃初平)이 흰 돌을 향해 일어나라고 소리치자 모두 양으로 변했다는 고사가 전한다. ―『신선전(神仙傳)』.

동대문을 나서다

김진항

잔설이 옷자락을 헤적일 때에
매화 찾아 시골집을 나와 봤더니
땔나무를 쇠등에 실어 나르고
막걸리에 청어 안주 내놓았군.
저 멀리 절에서는 연기 오르고
깊은 계곡에는 적설이 남아 있구나.
훗날에 은퇴하면 어떻게 할까?
선친께서 장만해 놓은 전답이 있지.

出東郭 출동곽

殘雪明衣上 잔설명의상　尋梅到野居 심매도야거
谷薪輪赤犢 곡신윤적독　村酒佐靑魚 촌주좌청어
遠寺孤烟直 원사고연직　深溪積雪餘 심계적설여
東岡他日計 동강타일계　先子有田廬 선자유전려

❀ 19세기 초 한양에서 아전으로 살았던 녹문鹿門 김진항金鎭恒(?~?)이 지었다. 겨울 끝이라 날씨가 풀려 매화를 본다는 구실로 시골집을 찾았다. 동대문을 나서니 잔설이 드문드문 남아 있다. 동네 사람들은 산골짜기에서 나무를 해 쇠등에 실어 나르고, 시골집에서는 막걸리를 내놓는데 안주가 청어구이다. 시골티가 그대로 묻어난다. 주변을 둘러보니 산중턱 절에서는 밥 짓는 연기가 한 줄기 피어오르고, 계곡 깊은 데는 여전히 눈이 쌓여 있다. 전원이라 철도 늦다. 불쑥 나이 들어 은퇴하면 남은 인생을 어떻게 준비할까 생각해 본다. 다행히 선친이 어렵게 장만해 놓은 집과 전답이 있으니 걱정 없다. 전원을 여유롭게 바라보는 데는 다 이유가 있었다.

제목을 잃어버린 시

김가기

서울에서 술을 마셔 크게 취해서
해질 무렵 미친 듯이 노래 부르며 돌아오네.
봉래산에는 속물들이 너무 많기에
유희하며 인간 세상에 머물고 있지.

失題실제
大醉長安酒대취장안주　狂歌日暮還광가일모환
蓬壺多俗物봉호다속물　遊戱且人間유희차인간

❀ 김가기金可基라는 기인이 쓴 시다. 그는 생몰년을 알 수 없는 조선 후기 사람으로, 기행奇行을 일삼았다. 신선 행세를 한 것으로도 알려졌다. 어느 날 서울 술집에서 술을 진탕 마시고 날이 저문 뒤 비틀거리며 집으로 돌아갔다. 자칭 타칭 신선이란 자가 뭐가 그리 불만인지, 미친 듯이 노래까지 불러 댔다. 어디서나 흔히 볼 수 있는 술주정뱅이와 다를 바 없는 꼴이다. 하지만 그는 이렇게 말한다. 왜 그렇게 시장바닥에서 술에 취해 사느냐고 묻는다면 내 말해 주겠다. 신선이 산다는 봉래산에서 그대들은 살아 본 적 있는가? 내가 오래 살아 봐서 잘 아네만, 거기도 속물들 천지일세. 선계仙界에서 벌어지는, 눈 뜨고 볼 수 없는 짓거리에 기가 막혀 차라리 인간 세상에 내려가 살기로 했지. 여기서 건들건들 놀며 사는 것이 겉은 고고하고 화려해도 속내는 천박한 속물들 틈에서 사느니보다 낫더군. 범접하지 못할 고상한 세계에는 어쩌면 더 많은 속물이 득실댈 수 있겠다.

섬강에서

정범조

버드나무 저 너머를 한참 동안 바라보니
안개 뚫고 손님 몇 분이 다가오누나.
작은 마을은 봄비에 흠뻑 젖어 들고
부드러운 노는 푸른 물살 가르네.
함께 묵을 곳은 산사가 제격이고
호젓하게 만날 곳은 낚시터가 좋겠지.
내일 아침엘랑 꽃배를 타고서
남포에서 꽃구경하고 돌아오리라.

蟾江 섬강

柳外多時望 유외다시망   烟中數客來 연중수객래
小州春雨濕 소주춘우습   柔櫓碧波開 유로벽파개
共宿應山寺 공숙응산사   幽期且釣臺 유기차조대
明朝移畫艇 명조이화정   南浦看花回 남포간화회

174

❋ 정조 대의 문신이자 시인인 해좌海左 정범조丁範祖(1723~1801)는 강원도 원주시 부론면 법천리에 살았다. 봄이 찾아온 섬강 가 시인의 집에 손님이 방문한다는 전갈이 도착했다. 저명한 시인 신광수申光洙 일행이 여주에서 온다는 소식이었다. 이제 올까 저제 올까 바라볼 때, 안개를 뚫고 손님을 태운 배가 시야에 들어온다. 봄비가 촉촉이 내리는 작은 마을에 푸른 물살을 가르는 부드러운 노 젓는 소리가 정겹다. 반가운 벗을 만났으니 산사에 가서 한 이불 덮은 채 잠을 청하고, 낚시터에 가서 물고기를 낚아 보기로 한다. 하지만 그것으로 끝내기에는 너무 아쉬운 일, 배를 끌고 손님들과 함께 꽃이 아름답게 핀 남쪽 포구까지 가서 구경하고 와야겠다. 어느 봄날 친구와의 흥분되는 만남과 나들이다.

어화

정약전

오늘밤은 으르렁대던 파도가 잠잠해지고
잠자는 구름 아래 어등이 빛을 뿜는다.
공활한 하늘이 훤히 펼쳐지고
다닥다닥 별무리가 반짝이는데
나뭇잎 사이로 이따금씩 꺼졌다가 켜지며
반공중에 까닭 없이 모였다가 흩어진다.
잠 못 들고 몇 개 섬을 돌고 났는지
와자하게 흩어지는 새벽이 됐다.

漁火 拈杜韻 어화 염두운

今夜鳴濤息 금야명도식　　魚燈照宿雲 어등조숙운
空青一天明 공청일천명　　錯落衆星文 착락중성문
隔葉時明滅 격엽시명멸　　憑虛任聚分 빙허임취분
不眠環數島 불면환수도　　號噪曙紛紛 호조서분분

176

❖ 정조와 순조 연간의 학자 손암巽庵 정약전丁若銓(1758~1816)이 흑산도에서 썼다. 밤바다에 뜬 고기잡이배의 불빛이 육지에서 유배 온 선비의 눈에는 얼마나 낯설고도 황홀했을까? 며칠 동안 사납게 요동치던 파도가 잔잔해졌다. 기다렸다는 듯이 출어한 배들에서 켜 놓은 어등이 밤바다를 수놓았다. 하늘은 시원하게 펼쳐지고, 그 하늘에 다닥다닥 붙은 수많은 별이 빛을 쏟아 낸다. 바닷가로 나와 구경하며 섰노라니 배는 보이지 않고 나뭇잎 사이로 어등이 명멸明滅하며 이리저리 모였다 흩어진다. 밤새도록 몇 개의 섬을 돌면서 조업했을까? 어부들이 왁자하게 떠들며 흩어지는 소리가 들려오는 것을 보니 벌써 새벽이 됐구나. 일어나야겠다.

땅거미 질 무렵 채소밭을 둘러보다

정언학

내 인생이 농부를 흉내 내느라
후미진 마을 달팽이집에 머문다.
산비탈에 기대어 돌계단을 쌓고
땅을 빌려 무궁화 울타리를 쳤다.
드문드문 반딧불은 콩잎으로 숨고
늙은 나비는 무꽃만을 찾아든다.
그럭저럭 황혼이 밀려오더니
호젓한 숲은 둥근 달을 뱉어 놓았다.

薄暮巡園 박모순원

生涯學老圃 생애학노포　　深巷屋如蝸 심항옥여와
石砌因山築 석체인산축　　槿籬亙地遮 근리세지차
踈螢沈荳葉 소형침두엽　　老蝶戀菁花 노접연청화
冉冉黃昏至 염염황혼지　　幽林吐月華 유림토월화

❋ 정조와 순조 연간의 시인 농오農塢 정언학鄭彦學(?~?)이 쓴 시다. 서울에서는 유득공柳得恭이나 김려金鑢, 권상신權常愼 등 내로라하는 명사들과 어울려 지냈으나, 생계가 늘 그의 발목을 잡아 마음은 서울에 둔 채 몸은 논밭에 묶여 있었다. 농촌 한 귀퉁이에 초가를 장만하고 보니 달팽이집(와옥蝸屋)이 따로 없다. 땅이 생긴 모양대로 돌계단을 만들고 무궁화 울타리를 쳤더니 제법 정원 꼴이 난다. 날이 저물어 채소밭을 둘러보려고 나갔다. 드문드문 나타나는 반딧불이는 콩잎에 붙어 숨어 버리고, 여태 남아 있는 나비는 무꽃에만 앉으려 한다. 어느 순간 어둠이 깔린 숲 위로 둥근 달이 솟아오른다. 외진 곳 외로운 사람의 마음을 밝히는 등불이다.

비가 갰다

이광덕

비가 도착하자 구름이 다투어 나오더니
구름이 떠나가자 비가 벌써 개었다.
산은 지난밤 꿈에서 막 깨어나고
새들은 목청을 새로 바꾸나 보다.
조각조각 엷은 노을 멈춰 서고
파릇파릇 작은 풀싹 돋아난다.
송파 나루터의 저 나무들
어제 저녁에는 선명히 뵈지도 않았다.

新晴 신청

雨到雲爭出 우도운쟁출　雲歸雨已晴 운귀우이청
山如回昨夢 산여회작몽　禽欲改新聲 금욕개신성
片片輕霞住 편편경하주　班班小草生 반반소초생
松坡渡邊樹 송파도변수　前夕未分明 전석미분명

❀ 영조 대의 문신 관양冠陽 이광덕李匡德(1690~1748)이 1727년 어느 봄날에 지었다. 비와 구름이 앞서거니 뒤서거니 낯선 손님처럼 왔다가 이내 불쑥 떠났다. 손님은 들렀다 간 흔적을 제법 많이 남겨 움츠리고 있던 사물들이 죄다 살아난다. 꿈에서 깬 듯 산은 기지개를 켜며 봄 치장을 시작하고, 새들은 목청을 바꾸어 새로운 노래를 부른다. 노을이 조각조각 엷게 드리운 하늘 아래로 여린 풀싹들이 여기저기서 돋아난다. 날마다 지나는 송파 나루터. 비 갠 다음에 보니 저렇게 멋진 나무가 서 있었구나! 어제는 다들 어서 깨어나라고 봄비가 내렸다.

낙화

임유후

산은 절을 감싸 안고
돌길은 구불구불 올라가네.
구름이 감춰 놓은
호젓한 골짜기에 들어서자
스님의 푸념 소리 들려오누나.

"봄이라 할 일도 참 많구나!
아침마다 절 문 앞에서
낙화를 쓸어야 하네."

題僧軸 제승축

山擁招提石逕斜 산옹초제석경사　洞天幽杳閟雲霞 동천유묘비운하
居僧說我春多事 거승설아춘다사　門巷朝朝掃落花 문항조조소낙화

✤ 인조 대의 문신 휴와休窩 임유후任有後(1601~1673)가 젊은 시절 산
사에서 쓴 시다. 번잡하고 바쁜 일상에서 벗어나 절을 찾아 산행을 즐
길 때가 되었다. 산이 절을 감싸고, 구름이 계곡을 숨겨 놓아 속인의
발길을 막는다. 가파른 돌길을 걸어 절 문 앞에 들어서니 스님의 푸념
소리가 먼저 들려온다. "봄이 되니 정말 바쁘네. 웬 놈의 꽃은 이렇게
많이 진담. 아침마다 쓸기 귀찮아 죽겠네." 산사도 속세와 다를 바 하
나 없고, 스님도 바쁘긴 매한가지다. 그런데 왜 갑자기 한가로운 느낌
이 선뜻 밀려오면서 마음이 맑아지는 것일까? 세파에 찌들어 사는 속
인에게는 낙화를 빗질하느라 바쁘다는 스님의 푸념이 등줄기에 시원
한 물을 붓는 느낌이다.

가볍게 짓다

권필

맑은 개울 가까이 두고 집을 정하니
방문 열면 작은 연못 마주 보인다.
창이 훤해 푸른 산이 자리에 들고
처마 짧아 빗발이 책상에 튄다.
기분이 내킬 때면 천지가 광활해도
하는 일 없어서 세월은 길어라.
시 쓰고 술 마시는 버릇만 남아
늙어 가며 미친 짓이 한결 더 심해지네.

漫題 만제
卜地依淸澗 복지의청간   開軒對小塘 개헌대소당
窓虛山入座 창허산입좌   簷短雨侵牀 첨단우침상
得意乾坤闊 득의건곤활   無營日月長 무영일월장
唯餘詩酒習 유여시주습   老去益顚狂 노거익전광

✽ 선조 연간의 저명한 시인 석주石洲 권필權韠(1569~1612)이 썼다. 평생을 얽매이는 데 없이 자유롭게 살다 보니 속된 것들과 자주 부딪히고 생계도 넉넉지 못하다. 그래서 개울가에 집을 장만했더니 문을 열면 작은 호수가 바로 눈에 들어온다. 넓은 창으로 산이 훤히 보여 좋지만, 추녀가 짧은 탓에 빗물이 방 안까지 들이쳐 마뜩지 않다. 기분이 좋을 때는 넓은 천지가 온통 내 세상처럼 느껴졌으나 그것도 잠시. 할 일이 없어 무료하게 세월을 보내는 인생이다. 버리지 못한 것은 시 쓰고 술 마시는 버릇인즉, 내 멋대로 살아가는 결기와 자유를 나이 들어간다고 포기하지 않으련다.

표암댁

이광려

산마루 소나무는 천 그루 만 그루건만
집문서에는 아예 남산이 빠져 있네.
사는 집이 속된 세상에 속해 있어도
산수의 한가함은 제법 남아 있나니
서늘한 솔바람은 난간에 불어오고
짙푸른 산 빛은 옷깃에 묻어나네.
우연히 이런 곳에 값을 매기지 않다니
값을 치를 데가 없어 그대 걱정이겠네.

豹菴宅 표암대

嶺松千萬萬 영송천만만　宅券無南山 택권무남산
也是世間物 야시세간물　尙餘丘壑閑 상여구학한
凉濤灑軒檻 양도쇄헌함　積翠開襟顔 적취개금안
偶此不論價 우차불론가　愁君無價還 수군무가환

❀ 영조 대의 문인 월암月巖 이광려李匡呂(1720~1783)가 저명한 화가인 표암豹菴 강세황姜世晃의 집을 찾아갔다. 강세황은 마침 서울 남산 자락에 집을 사고 '차헌借軒'이라 이름 붙였다. 값을 치르고 산 집이건만 빌린 집이라니, 무엇을 빌렸다는 것인가? 집에서 보이는 전망은 남산의 빽빽한 소나무 숲. 차헌은 남산의 숲을 통째로 빌리고 있다. 그렇다고 집문서에 남산이 있을 리 없다. 솔바람 소리와 짙푸른 녹음에 둘러싸인 차헌이 그 풍광을 독차지했으니 빌려서 누리는 값을 강세황이 치러야 하지만, 도대체 누구에게 치른단 말인가? 조물주에게 빌린 셈 치더라도 혼자 누리기에는 미안한 일이다.

정남 생일에 장난삼아 쓴다

이항복

부잣집은 딸을 낳아 온갖 근심 밀려들어도
가난한 집은 아들 낳아 만사가 만족일세.
거기야 날마다 천 전을 써서 힘겹게 사위 대접하지만
나야 경전 한 가지를 아들에게 읽히면 그만이지.

나는 지금 아들만 낳고 다행히 딸은 없는데
큰놈은 글을 알고 작은놈은 인사를 잘하네.
뉘 집에서 딸을 키워 효부를 만들었을까?
아들을 보내 거만한 사위로 만들어야지.

집 지키고 취한 나를 부축할 일 걱정 없이
오순도순 모여 사는 낙을 훗날에 누리련다.

井男生日戲題^{정남생일희제}

富家生女百憂集_{부가생녀백우집}　貧家生男萬事足_{빈가생남만사족}
日費千錢供婿難_{일비천전공서난}　只將一經敎子讀_{지장일경교자독}
我今生男幸無女_{아금생남행무녀}　大者能書少能揖_{대자능서소능읍}
誰家養女作孝婦_{수가양녀작효부}　我欲送男爲慢客_{아욕송남위만객}
守家扶醉兩無憂_{수가부취양무우}　歸享他年浣花樂_{귀향타년완화락}

❀ 선조 대의 문신 백사白沙 이항복李恒福(1556~1618)이 둘째 아들의
생일에 엉뚱한 시를 썼다. 가난한 살림살이에 저놈을 어떻게 키우나
걱정스러운 순간, 이항복 특유의 낙천주의와 두둑한 배짱이 가만있지
를 못한다. 걱정할 필요 전혀 없다. 지금 어느 부잣집에서 딸을 고이
키우고 있을 테니 그 집 데릴사위로 보내자. 사돈집은 내 아들 대접하
느라 고생 좀 하겠다. 백일몽이라도 꾸어야 자식 키울 걱정의 무게가
덜어진다. 이항복은 시로도 웃음을 선사한다.

달력

강진

산속에 살기에
애초부터 달력 따위 필요 없나니
날이 차면 곰은 겨울잠 자고
날이 따뜻하면 개구리는 깨어나지.

이 책이 생긴 뒤부터
귀찮은 일 한 가지 불어났으니
이웃 사는 늙은이
몇 연도 생인지도 기억하네.

題時憲書* 제시헌서
山家元不識容成 산가원불식용성　寒則熊藏煥蟄驚 한즉웅장난칩경
自有此書多一事 자유차서다일사　隣翁能記某年生 인옹능기모년생

❀ 헌종 대의 시인 대산對山 강진姜溍(1807~1858)이 달력에 적어 놓은 시다. 1847년 강원도 철원군에 있는 작은 고을 안협安峽의 현감으로 재직할 때 지었다. 현감이라고는 하지만 깊은 산골짜기 고을이라 서울을 벗어나 사는 여유가 있다. 날씨가 추워지면 겨울이 왔나 보다 하고, 반대로 더워지면 여름인가 보다 하면 그만이다. 연말 무렵 남들은 구하기도 힘들다는 달력을 얻었다. 그런데 기쁘기는커녕 되레 답답하다. 달력이 있으니 날마다, 달마다 얻는 정보가 정확해지고 해야 할 일도 꼼꼼히 기억하게 되었기 때문이다. 잠시나마 그런 것들에서 벗어나 살면 안 되는 것일까? 흘러가는 계절에 몸을 맡기며 내 삶에 충실하고 싶다.

* 시헌서(時憲書)는 당시의 달력 이름이고, 용성(容成)은 처음 달력을 만든 사람이다.

꽃을 보며

박준원

사람들이 꽃의 빛깔을 볼 때
나는 홀로 꽃의 기운을 본다.
그 기운 천지에 가득 찰 때면
나도 한 송이 꽃이 되리라.

看花 간화

世人看花色 세인간화색   吾獨看花氣 오독간화기
此氣滿天地 차기만천지   吾亦一花卉 오역일화훼

✿ 순조의 외조부 금석錦石 박준원朴準源(1739~1807)이 지었다. 봄이 한창이라 세상이 온통 꽃으로 뒤덮였다. 어디를 봐도 찬란한 색채를 뽐내며 피어 있다. 색채의 향연에 몸도, 마음도 들떠 꽃구경에 나선다. 박준원도 예외가 아니다. 하지만 그는 눈을 매혹하는 찬란한 색채의 뒤를 보고 있다. 꽃을 피워 내는 기운이다. 그 기운이 천지를 가득 채우는 시절이 되면 꽃만이 꽃이 아니다. 생명이 있는 모든 것이 꽃이다. 빛깔이 화려하지 않아도 괜찮다. 한 사람 한 사람 다 이 세계의 꽃이다. 주객主客이 없다. 천지에 꽃기운이 한창일 때면 나도 한 송이 꽃이다.

꽃씨

이정주

만 리 넘어 가지고 온
한 주머니 봄소식.
시인의 가벼운 짐에는
생기의 빛이 찬란하네.

북경성의 나비들은
온통 넋이 빠졌겠네.
동풍 불면 불어올 향내
몇 말이나 줄었을 테니.

題錫汝壁 錫汝自燕京 買草花種一囊而來
제석여벽 석여자연경 매초화종일낭이래

萬里携來春一囊만리휴래춘일낭 騷人輕橐爛生光소인경탁란생광
燕城蛺蝶魂應斷연성협접혼응단 失却東風幾斛香실각동풍기곡향

❀ 19세기의 여항閭巷(중인 이하 하급계층) 시인 몽관夢觀 이정주李廷柱 (1778~1853)의 친구가 중국 북경에 갔다가 돌아왔다. 친구는 역관 이 진구李鎭九로 보인다. 인사차 친구 집에 들렀더니 짐 보따리에 들어 있는 것은 꽃씨 한 주머니뿐. 평소 가기 힘든 곳인데도 남들처럼 고가 의 사치품을 마구잡이로 가져오는 대신 꽃씨를 들고 왔다. 저속한 사 람이라면 바보라고 비웃겠지만, 시인은 친구의 무욕과 멋스러움을 그 냥 넘길 수 없어 벽에 시를 써 놓고 왔다. 만 리 길 되돌아온 친구의 가벼운 짐 보따리는 생기가 넘쳐흐른다. 봄에 활짝 필 꽃씨가 가득 들 어 있어 그 광채가 벌써부터 느껴진다. 봄바람이 불면 북경은 꽃향기 가 많이 사라져 나비들이 넋이 빠질 만큼 슬픔에 잠기리라. 그 대신 조선 땅 한양의 나비들은 꽃향기에 취해 훨훨 날겠지. 온 마을을 꽃향 기로 채울 친구야말로 진정한 부자요, 사치를 부릴 줄 아는 사람이다.

단풍

김시습

가을은 노을을 잘라 내어 옅고 짙은 붉은 천을 만들고
서슬 퍼런 서리는 웬 정이 많은지 끝도 없이 솜씨를 발휘한다.
저무는 낙조 아래 점점이 불에 타오르고
이 산 저 산 곳곳에 층층이 화폭이 펼쳐진다.

몇 줄의 사연은 심사를 구슬프게 만들며
이런저런 시름 끌고 저녁 바람에 떨어진다.
깊어 가는 가을 향해 조락을 원망하지 말자.
봄바람은 또 시든 풀숲에서 풀을 엮고 있을 게다.

紅葉홍엽

秋霞翦作淺深紅추하전작천심홍　靑女多情巧不窮청녀다정교불궁
點點欲燒殘照外점점욕소잔조외　層層如畫亂山中층층여화난산중
數行書字悲心事수항서자비심사　幾个牽愁落晚風기개견수낙만풍
莫向秋深怨零落막향추심원영락　東君應又綴殘叢동군응우철잔총

✤ 조선 전기의 학자 매월당梅月堂 김시습金時習(1435~1493)은 청산을 떠도는 비애를 즐겨 읊었다. 가을 산을 붉게 물들인 단풍을 수도 없이 봤으련만, 그래도 여전히 마음이 설렌다. 형언할 수 없는 단풍의 아름다움은 가을 하늘을 수놓은 노을의 변신 같기도 하고, 서리의 짓궂은 장난 같기도 하다. 시선은 단풍잎 하나하나에 머물다 어느새 산 위아래로 옮겨간다. 낙엽은 숨겨 놓은 사연이 몇 줄 쓰여 있는 듯 아픈 추억을 떠올리며 바람에 어수선하게 나부낀다. 아, 그렇다고 가을에 너무 조락凋落만 말하지는 말자! 죽은 풀숲 곳곳에서 봄바람은 또다시 생명을 키우고 있을 테니.

낙엽시

신위

천지는 거대한 염색 가게
환상의 변화를 어쩜 저리 서두를까?
발갛고 노란 잎을 점점이 날리는 바람
붉은 꽃과 흰 버들솜에도 불어왔었네.
봄과 가을 번갈아 바뀌어도
태양은 양쪽 어디에도 머물지 않네.
공空과 색色이 뒤집히는 동안
성큼성큼 세월은 흘러가누나.

落葉詩 낙엽시

天地大染局 천지대염국   幻化何太遽 환화하태거
丹黃點飄蘀 단황점표탁   紅素吹花絮 홍소취화서
春秋迭代謝 춘추질대사   光景兩無處 광경양무처
空色顚倒間 공색전도간   冉冉流年去 염염유년거

❋ 순조 대의 문신이자 시인, 서화가인 자하紫霞 신위申緯(1769~1845)가 1825년 낙엽을 읊은 시 여덟 수를 지었다. 가을이 되면 천지는 거대한 염색 가게로 변신한다. 이 염색 가게에서 갑작스레 벌어지는 환상적인 변화는 그 속도를 따라잡기 힘들 만큼 빠르다. 온갖 빛깔의 낙엽을 한 점 한 점 허공에 날려 버리는 바람은 지난봄 현란한 꽃을 피우던 바로 그 바람이다. 이처럼 봄과 가을이 번갈아들며 염색 가게를 차지해도 태양은 스쳐 지나가기만 할 뿐 자취도, 주소도 남기지 않는다. 공과 색이 엎치락뒤치락하며 염색 가게를 열었다 닫았다 한다. 세월은 그렇게 흘러간다.

거니촌 노인네

이인상

산골 노인네 얼굴은 짐승 꼴인데
문 두드리자 웃음 띠고 맞아들이네.
먼지 찌든 흙집 방을 빗질하고는
자귀로 관솔 쪼개 불을 붙이네.
모래알처럼 따끈따끈한 기장밥에
소금 간한 쑥부쟁이 국을 차리네.
기분 좋게 한 밥상에 밥을 먹고서
누워서는 곡연曲淵 길을 물어보노라.

車泥村叟 거니촌수

山叟面如獸 산수면여수　　歆門便笑迎 관문편소영
凝塵掃土室 응진소토실　　細斧劈松明 세부벽송명
沙熱黃粱飯 사열황량반　　鹽芬紫荣羹 염분자채갱
欣然同寢食 흔연동침식　　臥問曲淵程 와문곡연정

200

✤ 영조 대의 문인이자 서화가인 능호관凌壺觀 이인상李麟祥(1710~
1760)은 1754년 무더위가 물러가자 동해와 설악산으로 여행을 떠났
다. 강원도 인제에서 홍천으로 가는 거니고개를 넘은 그는 근처 마을
에서 하룻밤을 자기로 했다. 날이 어두워져 아무 집이나 택해 문을 두
드렸다. 서울 토박이 선비의 눈에는 짐승처럼 보이는 산골 노인네가
나와 생면부지의 과객을 반갑게 맞이한다. 부산을 떨며 더께 앉은 방
을 쓸고 닦고, 소나무를 쪼개어 관솔불을 피워 놓고는 방금 한 따끈따
끈한 밥에 쑥부쟁이 나물국을 내놓는다. 초라한 밥상이되 정이 넘친
다. 한 상에서 밥을 먹은 뒤 한방에 드러누워 백담사가 있는 곡연 가
는 길을 묻고 대답하는 사이 주인과 과객은 잠이 들고 밤은 고즈넉이
깊어 간다.

마포에 노닐다

이우신

사람도 물건도 번화하여
곳곳마다 차이가 없고
이편저편 언덕에는
누대가 찬란하구나.
고운 모래밭 펼쳐진 남북 강변으로
구름이 다가와 누가 더 흰지 다투고
꽃담으로 둘러싸인 일천 채의 주택에는
햇살이 쪼여 누가 더 붉은지 겨룬다.

대지를 채우며 인파가 몰려
흘린 땀이 비를 뿌릴 지경이고
술기운은 하늘을 데워
그 열기로 무지개가 뜨려 한다.
오늘에야 처음으로
높이 올라 바라보니
내 평생 다녀본 중에
이곳이 가장 으뜸이더라.

游西湖유서호

民物繁華處處同민물번화처처동　　樓臺照耀水西東누대조요수서동
瓊沙兩岸雲爭白경사양안운쟁백　　繡壁千家日鬪紅수벽천가일투홍
拍地人烟烝欲雨박지인연증욕우　　薰天酒氣暖噓虹훈천주기난허홍
今朝始放登高目금조시방등고목　　經歷平生此最雄경력평생차최웅

❀ 정조와 순조 연간의 문신 수산睡山 이우신李友信(1762~1822)이 한양 마포를 구경했다. 농염한 시를 즐겨 쓰던 이우신은 번화한 마포를 보고 놀랐다. 마포는 곳곳이 인파로 넘치고 온갖 물품이 쌓여 있었다. 강변의 멋진 누대樓臺가 강물에 그림자를 드리우고, 흰 모래사장은 그림처럼 펼쳐져 있었다. 단청을 칠한 고급 주택이 얼마나 되는지 알 수도 없었다. 거리를 메운 사람들이 흘린 땀으로 비가 뿌릴 것만 같고, 지천으로 널린 술집에서 풍겨 오는 술 냄새가 진동해 무지개라도 뜰 듯했다. 전국 어디서도 이렇게 활력 넘치는 곳을 본 적이 없다. 정조 말년 경제의 중심지 마포가 시인의 눈을 완전히 사로잡았다.

비 갠 저녁

이건창

창문 열고 발을 올려
비 갠 저녁 내다보니
여름 하늘 맑고 파래
가을 온 듯 선선하다.
벌써 골목에는 덜컹덜컹
나무 실은 수레 들어왔고
무논에는 이제 한창
모심는 기구 다니겠군.

푸른 산은 허공을 밀쳐
옛 빛깔로 돌아왔고
고운 노을은 나무를 잠가
아쉬운 정을 가라앉힌다.
오늘밤은 띠를 풀고
잠을 자려 서둘지 말고
성안 가득한 은하수를
마냥 앉아 기다려야지.

晚晴만청

拓戶鉤簾愛晚晴탁호구렴애만청　夏天澄綠似秋生하천징록사추생
已聞巷裏樵車入이문항리초차입　正憶田間秧馬行정억전간앙마행
靑嶂排空回舊色청장배공회구색　綺霞沈樹澹餘情기하침수담여정
今宵解帶不須早금소해대불수조　坐待星河拂滿城좌대성하불만성

✿ 조선 후기의 문신이자 학자인 영재寧齋 이건창李建昌(1852~1898)이
젊은 시절 서울에서 지은 시다. 여름날 비 갠 후의 저녁 풍경과 감회
를 담담히 적었다. 비가 개어 창문을 열고 하늘을 보니 가을이 불쑥
온 듯 청량하다. 날이 개자마자 나뭇짐을 실은 달구지가 벌써 골목길
을 다니며 나무를 판다. 들녘 논에서는 틀림없이 농부들이 못다 한 일
을 서두를 게다. 푸른 산은 허공을 밀치며 짙푸른 빛깔을 회복했고,
노을은 하루해가 가는 것이 아쉬운 듯 저문다. 여름철에는 이렇게 맑
고 상쾌한 기분을 맛보기가 참 어렵다. 오늘은 잠을 자지 않는 한이
있어도 서울 밤하늘을 맑게 뒤덮을 은하수를 꼭 봐야겠다.

추석

유만공

시장은 들썩들썩 풍년 정취 즐거워라
희희낙락 길손들은 머뭇머뭇 걸음 못 떼네.
주막에는 음식이 넘쳐 보기에는 좋지마는
어디 가나 다리 부러진 소가 어쩜 이리 많은지.

농가에는 추석날이 제일 좋은 명절이라
웃음 넘치는 마을마다 술과 음식 지천이다.
바닷가 시장, 산촌 장터 오가는 길목에는
북치고 노래하며 사당패가 신을 부르네.

秋夕 추석

場市繁華樂歲秋 장시번화낙세추　　熙熙行旅故遲留 희희행려고지류
欣看野店侈肴饌 흔간야점치효찬　　到處何多蹇脚牛 도처하다건각우

農家秋夕最良辰 농가추석최양신　　歡笑村村醉飽人 환소촌촌취포인
海市山場來去路 해시산장내거로　　優婆鼓舞唱回神 우파고무창회신

206

❀ 순조 대의 시인 유만공柳晚恭(1793~1869)은 추석 풍속을 묘사한 시 여덟 수를 지었는데, 그 가운데 두 편이다. 추석의 들뜬 분위기는 그때도 장터가 제일이었다. 장을 다 봤는데도 사람들은 얼른 집으로 돌아가지 않고 주막 앞을 서성인다. 평소 못 보던 안주와 음식이 풍성하게 쌓여 있는 주막 앞을 어찌 그냥 지나치랴. 다리 부러진 소만 도축 허가가 나건만, 주막마다 쇠고기 안주가 철철 넘치니 참으로 이상하다. 주막에서 한 잔 걸쳤다고 끝이 아니다. 이제는 장보러 나온 행인들의 쌈짓돈을 노리는 사당패가 시장으로 통하는 길목을 차지한 채 흥겨운 북소리와 노랫소리로 발길을 잡는다. 먼 옛날, 추석 명절을 앞두고 장터에 다녀오는 길의 소란과 흥분이 눈에 선하다.

웃음

김시습

가마처럼 작은 판잣집
작은 창 열지 않았더니
섬돌 앞에는 다람쥐가 오락가락
추녀 끝에는 새가 들락날락한다.
메밀을 껍질째 방아에 찧고
이파리가 붙은 무를 통째로 갈아
국을 끓이고 만두를 만들어
먹고 나니 낄낄낄 웃음 나온다.

書笑 서소

板屋如轎小 판옥여교소　　矮窓闔不開 왜창합불개
階前鼪出沒 계전오출몰　　簷外鳥飛回 첨외조비회
蕎麥和皮擣 교맥화피도　　葑根帶葉檑 봉근대엽뢰
和羹作餺飥 화갱작발탁　　喫了笑哈哈 끽료소해해

208

✤ 조선 전기의 학자 매월당梅月堂 김시습金時習(1435~1493)이 쉰 살을 전후해 강원도 강릉에 머물 때 지었다. 세상에 속한 모든 것을 버리고 전국을 방랑하다 잠깐 정착의 시간을 보내는 참이었다. 가마처럼 겨우 한 사람 들어가 앉을 수 있는, 판자로 만든 작은 오두막집이다. 문을 닫아 놓고 있었더니 다람쥐와 새가 제집으로 알고 드나든다. 먹지는 않을 수 없는 일. 메밀을 대강 찧고, 이파리도 떼지 않은 무를 갈아 끼니를 때웠다. 그래도 모양은 만두요 국이니 성찬이 따로 없다. 다 먹고 나자 자신도 모르게 낄낄낄 웃음이 터져 나온다. 세상 돌아가는 것이 우스운지, 내가 하는 짓이 우스운지 알 수는 없어도 채워진 배 속에서 자꾸만 웃음이 밀려 나온다.

삼청동 나들이

이이

안개 낀 숲길 막대 잡고 올라가서
고목의 뿌리 위에 머리를 누여 본다.
으슥하여 돌 틈에서 물이 울며 흐르고
고요하여 솔바람 소리 소란스럽다.
새가 날아 바위 옆 꽃 그림자 흔들고
이끼 끼어 계곡물이 튄 흔적이 남아 있다.
저녁 구름 깊은 골짜기에서 피어날 때
닫힌 산문 뒤로하고 골짜기를 나섰다.

遊三淸洞 유삼청동

曳杖煙蘿逕 예장연라경　支頭老樹根 지두노수근
石泉幽處咽 석천유처열　松籟靜中喧 송뢰정중훤
鳥動巖花影 조동암화영　苔留澗雨痕 태류간우흔
暮雲生邃谷 모운생수곡　從却鎖山門 종각쇄산문

❋ 명종과 선조 대의 문신이자 학자인 율곡栗谷 이이李珥(1536~1584) 가 홍문관 교리로 재직하던 1569년에 쓴 시다. 오늘날 관광객이 사랑 하는 서울 삼청동 길은 그 당시 도심에서 가까운 호젓한 숲이었다. 이 이는 벗들과 어울려 숲길을 따라 골짜기로 들어갔다. 고목의 뿌리를 베고 누웠더니 오랜만에 여유로움이 찾아온다. 여기저기 걷다 으슥한 곳으로 들어서자 돌 틈에서 물 흘러나오는 소리가 들리고, 사방이 고 요해지자 솔바람 소리가 귀에 시끄럽다. 새가 가지를 벗어나 날더니 갑자기 꽃 그림자가 흔들린다. 이끼가 짙게 남은 곳은 계곡물이 튀어 마를 날이 없다. 어느 하나 깊은 산중의 정취가 아닌 것이 없다. 어느 새 어둠이 몰려와 골짜기에서 구름이 피어난다. 산문이 닫히고 다시 도심으로 돌아왔다. 오늘날 삼청공원에는 이이가 다녀갔던 그 호젓한 숲길이 조금 남아 있다.

산사

임제

밤 되어 스님하고 함께 잤더니
짙은 구름 무명옷을 적시었구나.
해 늦어 사립문을 여는 소리에
잠든 새가 그제야 놀라 날았네.

山寺_{산사}

夜伴林僧宿_{야반임승숙}　重雲濕草衣_{중운습초의}
巖扉開晚日_{암비개만일}　棲鳥始驚飛_{서조시경비}

❋ 명종과 선조 연간의 명사 백호白湖 임제林悌(1549~1587)가 언젠가 산사를 찾았다. 스님과 이런저런 이야기를 나누다 밤이 되어 함께 잠을 청했다. 깊은 산중이라 짙은 구름이 온통 산을 둘렀다. 입은 옷이 모두 축축하게 젖었다. 얼마나 잤을까? 절 문을 열고 보니 아, 언제 저렇게 해가 중천에 떴지? 아침이 된 줄도 모른 채 쿨쿨 늦잠을 잤구나. 그런데 우리만 늦잠을 잔 것이 아니다. 나뭇가지에 잠들어 있던 새들이 문 여는 소리에 깜짝 놀라 날아갔다. 승려 진감眞鑑에게 주었다는 이 시는 참 싱겁다. 산에 구름이 많이 끼어 늦잠을 잤다는 말뿐이다. 하지만 산중에서는 시간이 세상과 달리 간다. 구름이 속세의 시간을 멈춰 놓아 임제도, 스님도, 그리고 새들마저도 깊은 잠을 잘 수 있었다. 세상의 무거운 질서와 의무에서 벗어나 원하는 대로 몸이 자유롭다. 하룻밤만 잤는데도 마음이 열리고〔開〕 깨달음에 놀랐다〔驚〕. 몸이 가뿐하다.

처갓집에서

이의승

처갓집에서 겨울과 여름을 나는 동안
본가에서는 편지 한 통 오지 않누나.
빈둥거림 길들이자 묘한 맛이 생겨
도를 깨친다는 헛된 명예가 참 우습다.
지저귀는 새들하고 수작이나 하고
산 풍경을 노상 접하며 지내네.
세상 사람 어느 누가 이런 복을 누리랴.
부잣집 호의호식도 나만은 못하리라.

甥舘 생관

甥舘淹寒暑 생관엄한서　　家書阻雁魚 가서조안어
習閒生妙味 습한생묘미　　覺道笑虛譽 각도소허예
鳥語供酬酢 조어공수작　　山光接起居 산광접기거
世人誰享此 세인수향차　　鐘鼎不如余 종정불여여

❀ 숙종 대의 시인 원옹園翁 이의승李宜繩(1665~1698)이 한동안 처갓집에 머물 때 지었다. 처갓집에서 딱히 하는 일도 없이 어정쩡한 생활을 이어갔다. 길게 한 해나 떠나 있어도 본가에서는 연락 한 번 오지 않았다. 아마도 껄끄러운가 보다. 하루하루 빈둥거리기만 하다 보니 공부하거나 부산 떨며 일하는 것이 다 귀찮다. 무료하고 나른한 생활도 묘한 재미가 있구나. 딱히 할 일이 없는 사위란 존재는 그림자와도 같아서 간섭하거나 눈치 주는 이가 없다. 그저 새들을 친구 삼아 지내고, 산만 질리도록 바라본다. 무한한 자유가 주어진 지금 이 순간, 세상 누구도 부럽지 않다. 백년손님이 잠깐이나마 누리던 행복에 저런 묘미가 있었나 보다.

산꼭대기에 핀 꽃

신위

누가 심었느냐!
저 험한 절벽 위에
붉은 꽃잎 빗방울처럼
쏟아져 내린다.
구름바다
푸른 소나무 사이로
어럽쇼!
집 한 채 숨어 있구나.

山頂花 산정화

誰種絶險花 수종절험화   雜紅隕如雨 잡홍운여우
松青雲氣中 송청운기중   猶有一家住 유유일가주

216

❀ 순조 대의 문신 자하紫霞 신위申緯(1769~1845)가 1819년에 쓴 시다. 강원도 춘천 부사府使로 부임한 지 이태 되는 해의 봄날, 청평산으로 나들이를 갔다. 산길에 들어서 신록을 둘러보며 느긋하게 걷던 신위는 눈을 휘둥그레 떴다. 험한 절벽에서 울긋불긋한 꽃잎들이 빗방울처럼 쏟아져 내렸다. 아니, 저 험한 곳에 누가 꽃을 저리도 많이 심어놓았을까? 의아한 생각이 들어 쳐다보니 흰 구름 아래로 소나무들이 짙푸른, 깊은 산중일 뿐이다. 그런데 어라! 숲 한쪽에 누가 볼세라 오두막 한 채가 숨어 있다. 저 산꼭대기에 사람이 집을 짓고 살 줄 누가 짐작하랴. 집주인이 세상을 피해 숨었을망정 심지 않으면 안 될 만큼 꽃을 좋아하나 보다. 누구의 눈에도 띄지 않을 산중에 심었으련만 오늘은 들키고 말았다. 남의 비밀스러운 정원을 들여다봤다. 가던 길을 서둘러야겠다.

가을 감상

휴정

먼 데나 가까운 데나
가을 풍경 똑같이 기이하여
석양녘 한가로이
휘파람 길게 불며 걸어가네.

온 산 가득 붉고 푸르러
모든 사물 오묘한 빛깔로 물들 때
흐르는 물 지저귀는 새들마저
시를 잘도 풀이하네.

賞秋 상추
遠近秋光一樣奇 원근추광일양기　閑行長嘯夕陽時 한행장소석양시
滿山紅綠皆精彩 만산홍록개정채　流水啼禽亦說詩 유수제금역설시

❀ 서산대사로 널리 알려진 조선 중기의 승려 청허淸虛 휴정休靜 (1520~1604)은 산에 사는 터라 가을 단풍을 물리도록 봤을 텐데도 해마다 새롭고 해마다 기쁘다. 어느 날 산길을 산책하다 시를 한 수 지었다. 가깝거나 멀거나 산중의 가을 풍경은 승부를 가릴 수 없을 만큼 기이하기 짝이 없다. 석양을 받으며 천천히 걸어가려니 입에서는 저도 모르게 휘파람이 새어 나온다. 만산홍엽滿山紅葉의 풍경에 들어서면 모든 사물이 오묘한 빛깔로 바뀌고 흐르는 물소리도, 새들의 지저귐도 가을이 써 놓은 시를 풀이하는 소리로 들린다. 이 멋진 가을은 산중의 모든 존재를 들뜨게 만든다. 승려도 그렇고, 계곡물과 새들도 그렇고 가을이 써 놓은 시를 벅찬 가슴으로 말하지 않을 수 없다.

가을날 길을 가다가

김윤식

수수는 붉게 늘어지고
콩잎은 노랗게 물들고
들밭은 얽히고설켜
온갖 색채 찬란하네.

저 멀리 메밀밭에
꽃이 마치 흰 눈과 같고
한줄기 바람결에
한줄기 향내 실려 오네.

秋日行途中 추일행도중
蜀黍紅垂荳葉黃 촉서홍수두엽황　野田相錯盡文章 야전상착진문장
遙看蕎麥花如雪 요간교맥화여설　一陣風來一陣香 일진풍래일진향

❀ 조선 말기의 정치가이자 문인인 운양雲陽 김윤식金允植(1835~1922)
은 1865년 충청도 청주 관아의 송하옥松下屋이라는 책방에 머무르고
있었다. 들길을 찾아 나선 그의 눈앞에 가을이 선뜻 다가왔다. 길섶에
는 고개 숙인 붉은 수수와 노랗게 물든 콩잎이 늘어서 있다. 그것이
다가 아니다. 얼키설키 갈라진 밭두렁을 따라 형형색색의 색채가 찬
란하게 펼쳐져 있다. 그런데 갖가지 물감을 풀어놓은 듯한 들녘 저 멀
리로 눈이 내린 것 같은 하얀 밭이 생뚱맞게 불쑥 나타났다. 메밀밭이
다. 고담하고 정결한 빛깔이 현란한 색채보다 더 아름답다. 한순간 한
줄기의 바람이 불어오자 그 바람에 실려 온 메밀꽃 향기가 코를 간질
인다. 젊은 시인은 가을 정취에 한껏 젖어 들길을 걸어간다.

9일 백악에 오르다

박준원

흰 구름 속 푸른 봉우리
그 위에 사람이 섰더니
하늘 끝 까마득히
눈길이 곧장 뻗어 가네.
교동도 너머 먼바다에는
푸른 물결 넘실대고
약목若木으로 해가 돌아가며
붉은 노을 풀어 놓았네.

동방이 이렇게 큰 줄을
이제야 알았나니
북악이 드높다며
옛날부터 다들 칭송했네.
용산에서 술에 취해
춤추지는 못한데도
모자를 벗어 던지고
서풍에 몸을 맡기노라.

九日登白嶽구일등백악

靑峰人立白雲中청봉인립백운중　眼與天長直到窮안여천장직도궁
海出喬桐浮遠碧해출교동부원벽　日歸若木有餘紅일귀약목유여홍
如今始識東方大여금시식동방대　終古皆稱北嶽崇종고개칭북악숭
醉舞龍山還未得취무용산환미득　謾將頭帽倚西風만장두모의서풍

❀ 순조의 외조부 금석錦石 박준원朴準源(1739~1807)은 가을이 무르익
은 날 서울 북쪽의 백악에 올랐다. 북적대는 도심에서 벗어나 푸른 산
정상에 서니 시야가 트여 구름과 눈을 마주쳤다. 서쪽 하늘 끝 강화도
위쪽의 교동도 앞으로 푸른 바다가 몸을 드러내고, 해가 그 바다 밑으
로 내려가면서 붉은 노을을 가득 펼쳐 놓았다. 그동안 작은 나라, 비
좁은 성안에 산다고 늘 불평만 해왔다. 백악에 오른 오늘 사방을 조망
하고 나니 우리 동방이 작지 않고 큰 나라임을 새삼 느꼈다. 높은 백
악에 서자 보는 것도, 생각하는 것도 달라졌다. 남들처럼 술에 취해
춤추지는 못해도 모자를 벗고 서풍에 자신을 맡겨 보리라.

달을 샀다는 아이에게

윤기

아이종이 나를 속여 말했네.
"오늘밤 달을 사다 매달아 놨소."
"어떤 시장에서 샀는지는 모르겠으나
달 값을 몇 문文이나 주었지?"

答奴告買月 답노고매월

僮僕欺余日 동복기여왈　今宵買月懸 금소매월현
不知何處市 부지하처시　費得幾文錢 비득기문전

❀ 정조와 순조 연간의 문인 무명자無名子 윤기尹愭(1741~1826)가 일곱 살 어린 나이에 지었다. 평범해 보이지만 독창적이고 흥미로운 작품이다. 아이 둘이 지붕 위로 솟아오른 달을 보고 있다. 어린 종이 장난기가 발동해 자기가 달을 사다 허공에 매달아 놓았노라고 빤한 거짓말을 한다. "거짓말!"이라고 대꾸한다면 정말 멋없는 대답이다. 어린 윤기는 "얼마 주고 샀는데?"라고 되받아친다. 네가 거짓말하는 줄 다 안다는 말을 저렇게 재치 있게 표현한 것이다. 달 아래서 두 아이가 익살맞게 주고받은 대화를 글로 옮겨 적으니 바로 훌륭한 시가 되었다. 두 명의 어린 시인이 탄생한 순간이다. 달을 보면 자연스럽게 시인이 되던 시대의 밤풍경이다.

헐성루에서

채제공

높은 누각에서 휘파람 불고 선산을 바라보니
산을 구경하라 하늘이 만든 특별한 자리로구나.
봉우리들 수도 없이 날고 뛰며 벌컥 화를 내다가
때로는 뾰쪽하고 자잘해져 못 견디게 외로워하네.

석양은 정상에 이르러서 어지럽게 부서지고
잔설은 꼭지에 달라붙어 천태만상 제각각일세.
향 사르고 부들자리에서 편안히 읊조리면서
힘겹게 산을 오른 바보 같은 사령운*을 비웃노라.

歇惺樓 瞰萬二千峯 헐성루 감만이천봉
高樓一嘯攬蓬壺 고루일소남봉호　　天備看山別作區 천비간산별작구
無數飛騰渾欲怒 무수비등혼욕노　　有時尖碎不勝孤 유시첨쇄불승고
夕陽到頂光難定 석양도정광난정　　淺雪粘鬟態各殊 천설점환태각수
香縷蒲團吟弄穩 향루포단음농온　　謝公登陟笑全愚 사공등척소전우

❀ 정조 대의 명재상 번암樊巖 채제공蔡濟恭(1720~1799)이 서른 살 때
지은 시다. 채제공은 오대산 사고史庫에 보관해 놓은 책을 포쇄하러
간 기회를 이용해 금강산을 유람했다. 금강산 비경을 조망하라고 하
늘이 만들어 준 최적의 명소가 바로 헐성루다. '쉬고 있고 깨어 있
다'는 의미의 헐성루에 앉아 보니 수많은 산봉우리가 각양각색의 인
간 군상처럼 보인다. 헐성루 앞의 산봉우리들은 특히나 권세를 틀어
쥔 인간의 형상으로 크게 화를 내는 듯 기세당당하다. 그렇다면 뾰족
하고 작은 외톨이 봉우리는 세력 잃은 좀스러운 인간의 모습이로구
나. 산 정상은 석양빛을 받아 눈부시게 빛을 반사하고 잔설도 달라붙
어 기묘하다. 금강산을 노래한 명작으로, 특히 3구와 4구가 유명하다.
마음껏 권세를 휘두르다 세력을 잃은 권력자의 처절한 외로움을 은유
한 구절로 읽은 때문이다. 깨어 있는 자리에서 관찰하면 높은 자리에
있다는 자들의 망가지고 추한 뒤끝이 또렷하게 보인다.

---

* 사령운(謝靈運): 명산 유람을 즐기던 중국의 시인.

제작포 어부집

홍세태

어부집 문 앞에는 바다가 연못 되어
밤낮으로 물빛이 울타리로 밀려온다.
청어 잡는 어살에서 배 대놓고 손님 부르고
고목 아래 서낭당에선 북을 치며 신을 맞는다.

봄풀은 빗속이라 유난히도 짙푸른데
저녁 산이 올망졸망 하늘가에 나타난다.
건너편 해안에는 누가 벌써 배를 댔나?
귓가에는 노랫소리 어부가로 들려온다.

諸作浦漁舍 제작포어사

漁子門前海作池 어자문전해작지　　昏明水色每通籬 혼명수색매통리
撑舟喚客靑魚柵 탱주환객청어책　　擊鼓迎神古木祠 격고영신고목사
春草雨中偏黯淡 춘초우중편암담　　暮山天際忽參差 모산천제홀참치
不知隔岸誰先泊 부지격안수선박　　側耳歌音似竹枝 측이가음사죽지

❋ 숙종 대의 시인 유하柳下 홍세태洪世泰(1653~1725)는 1705년 황해
도 옹진에 있는 둔전屯田의 감독관으로 부임했다. 농사일을 감독하면
서 해안의 풍물과 어부들의 생활 모습을 지켜봤다. 어느 봄날, 제작
포 또는 저작포로 불리는 포구에 들렀다 한 어부의 집으로 발길을 옮
겼다. 대동만을 바라보고 있어 바다가 마치 제집 연못처럼 보이는 집
이다. 어부는 오늘도 배를 타고 어살로 나가 청어를 잡아 와 판다. 서
낭당에서는 풍어를 기원하는 제를 올리는지 북소리가 요란하다. 비가
내려 풀빛이 짙어 가는 저물녘의 해안가, 저 멀리 옹진반도의 산들이
올망졸망 늘어선 모습이 눈에 선뜻 들어온다. 그때 불쑥 귓가에 어부
가가 들리니 벌써 배가 들어왔구나. 어둠이 곧 밀려오겠다.

살아 있는 병풍

초의 선사

남의 솜씨 빌려다가 병풍 치고 싶지 않아
조화옹의 천연 그림을 겹겹이 쳐 놓았네.
늘어선 산은 살아 있는 채색 붓을 뽑아 놨는가?
두 줄기 강은 부엌에 쓸 물로 길어 가도 좋겠군.

밀물이 밀려오는 바다처럼 구름이 깔렸고
마르지 않고 촉촉한 길처럼 안개가 아늑하네.
사철 내내 활짝 펴서 걷어치운 때 없으나
화창한 봄 차 끓이는 곳에는 바짝 쳐 놓았네.

奉和酉山 봉화유산

畫屛不願借人模 화병불원차인모   千疊生陳造化圖 천첩생진조화도
列岳疑抽生彩筆 열악의추생채필   雙江可挹灌香廚 쌍강가읍관향주
雲舖似海潮方進 운포사해조방진   烟澹如塗潤未枯 연담여도윤미고
張放四時無捲日 장방사시무권일   春晴偏近煮茶爐 춘청편근자다로

✿ 순조 대의 저명한 승려이자 시인인 초의草衣(1786~1866) 선사가 썼다. 경기도 양평군 두물머리에 사는 유산 정학연의 집에 찾아가 서로 주고받은 연작시 가운데 하나다. 한강과 수종사의 풍경이 어우러진 곳에 와 보니 남들처럼 병풍을 칠 필요가 하나도 없겠다 싶었다. 조물주가 만들어 놓은 천연 병풍이 아름다운데 무엇 하러 화가를 불러다 가짜 산수를 그리게 하고 그 병풍을 쳐 놓겠는가. 천연 병풍은 산과 물, 구름과 안개 등 아름다운 풍광을 한껏 자랑하고 있다. 사시사철 어느 날도 걷어서 보관할 필요가 없다는 점 또한 천연 병풍의 멋이다. 화창한 봄날 차를 끓이는 우리의 화로 곁에서는 이 병풍이 유난히 아름다워 더 가까이 쳐 놓았다. 차를 마시며 바라보는 살아 있는 병풍의 멋을 그대와 함께 즐기고 싶다.

밤의 대화

김석손

술나라에 살게 되면 세상일이 물러가기에
지팡이가 흰 구름 속 집을 자주 찾아가지.
산사람이 한 달 만에 병석에서 일어나 보니
동산의 나무는 사월 초라 꽃잎이 흩날리네.

희미한 달은 아스라이 계곡에서 떠오르고
바둑돌은 평상 위에 책과 함께 흩어졌네.
태평성대라 재능 있어도 쓸 데가 없나니
사립문을 닫아걸고 자허부*나 지으려네.

夜話同文卿德考同賦 야화동문경덕고동부

酒國眞堪世事除 주국진감세사제 　仙筇頻到白雲廬 선공빈도백운려
山人病起三旬後 산인병기삼순후 　園樹花飛四月初 원수화비사월초
微月蒼茫生石澗 미월창망생석간 　殘棋錯落伴床書 잔기착락반상서
明時才器還無用 명시재기환무용 　空掩柴門賦子虛 공엄시문부자허

❀ 정조 대의 시인 기천杞泉 김석손金祏孫(?~?)의 작품이다. 매화를 무척 좋아해 명사들로부터 매화시를 수집한 매화광梅花狂으로 알려진 인물이다. 김석손이 밤에 친구를 찾아가 술을 마시며 시를 지었다. 세상사를 잊고 싶어 산중에 사는 친구의 집을 찾은 것이다. 친구는 봄내 병석에 누워 있어 꽃구경도 못한 처지였다. 벌써 초여름이라 꽃잎이 떨어지고 있다. 달빛을 받으며 바둑을 두고 책도 읽는다. 나라가 너무도 잘 굴러가니 설익은 재주를 가진 우리는 들어갈 자리가 없다. 문닫고 그냥 시나 짓는 것밖에 할 일이 없다. 친구와 술을 마시며 세상을 향한 불평과 속내를 털어놓는 밤의 정경이 선연하다.

＊ 자허부(子虛賦): 중국 전한의 문인 사마상여(司馬相如)가 지은 부(賦) 작품으로 나중에 무제(武帝)가 읽고 크게 칭찬했다. 능력이 있으나 실무에 쓰이지 못함을 비유한다.

첫여름 풍경

이건창

남가새꽃이 피고 송홧가루 떨어지며
조류 줄어든 올해에는 비가 흠뻑 내렸다.
반들반들 볏모는 너무나도 사랑스럽고
주렁주렁 매실 열매 일제히 따도 좋겠다.

둥지를 나온 제비새끼 목과 깃털 어여쁘고
채반에 오른 큰 누에는 머리며 다리가 힘세다.
다리 위의 행인은 시심이 솟아나서
수염 꼬며 멈춰 서서 청산을 바라본다.

初夏卽事 초하즉사

蒺藜花發松花落 질려화발송화락   潮減今年雨未慳 조감금년우미간
剡剡稻秧正可念 염염도앙정가념   離離梅子齊堪攀 이리매자제감반
出窠乳燕領襟好 출과유연령금호   登箔大蠶頭脚頑 등박대잠두각완
橋上行人有詩意 교상행인유시의   捋鬚不去看靑山 날수불거간청산

❀ 고종 대의 문신 영재寧齋 이건창李建昌(1852~1898)은 1891년 무렵 강화도에 잠깐 머물렀다. 송홧가루 날리는 철이 지나고 비가 제법 내렸다. 들에 나가 보니 첫여름 정취가 물씬 풍기는 풍경이 하나둘이 아니다. 모내기한 논에는 벼들이 커 가고, 매화나무에는 매실이 주렁주렁 매달렸다. 집에서는 어느새 제비새끼가 자라 둥지 밖으로 모습을 드러내고, 채반에는 큰 누에들이 굼실거린다. 여름철에 접어드니 생명들이 한창 왕성하게 활동하고 있다. 그 사랑스러운 풍경을 보고 누군들 시심이 일지 않으랴. 시인은 다리 위에서 걸음을 멈춘 채 자리를 뜨지 못한다. 청산을 바라보며 시상을 가다듬는 시인의 가슴에 모처럼 만족스러운 행복감이 밀려든다.

침계의 산골 집

윤정현

사흘 동안 가랑비 내려 온 산은 그윽하고
꾀꼬리 울음 속에 저녁까지 앉아 있네.
호박넝쿨 뻗어 나가 지붕을 뒤덮었고
솔뿌리를 옮겨 심어 숲을 채워 이루었네.

외양간과 돼지우리는 더 할 일 따로 없고
나무하고 김을 매며 노랫소리 끊이지 않네.
전원으로 돌아가는 기쁨을 노래하고 싶어도
외지인이 무슨 수로 이곳까지 찾아오랴.

梣溪樹屋 吟成題壁 침계수옥 음성제벽

三朝小雨一山深 삼조소우일산심   黃鳥聲中坐夕陰 황조성중좌석음
匏蔓交加來覆屋 포만교가내복옥   松根移種補成林 송근이종보성림
牛欄豕圈無餘事 우란시권무여사   樵斧耘鋤不絶吟 초부운서부절음
欲賦田園歸去樂 욕부전원귀거락   外人那得此中尋 외인나득차중심

✿ 순조와 헌종 연간의 문신 침계梣溪 윤정현尹定鉉(1793~1874)이 지었다. 침계는 경기도 용인의 법화산 아래 물푸레마을로, 윤정현은 여기에 묻혀 살면서 침계를 호로 삼았다. 나무에 기대어 만든 작은 집(인수옥因樹屋) 벽에 소감을 시로 써 붙여 놓았다. 깊은 산골에 사는 소감이다. 사흘 동안 내린 비로 공기도, 풍경도 고즈넉해 시인의 마음까지 차분해졌다. 꾀꼬리 우는 소리를 들으며 땅거미가 질 때까지 앉아 있으니 호박넝쿨로 뒤덮인 지붕이 보이고, 제법 꼴을 갖춘 소나무 숲도 눈에 들어온다. 외양간과 돼지우리에서는 소와 돼지가 잘도 자라고, 나무하고 김매는 농부들이 부르는 노랫소리도 그치지 않는다. 산골에 들어와 일구어 놓은 삶의 터전이자 아름다운 풍광이다. 전원에 살고 싶은 이가 많아도 이 비밀스러운 깊은 산골은 찾지 못하리라. 그동안 고생해 만들어 놓은 자신만의 전원을 돌아보며 흐뭇한 기분에 사로잡혀 있다.

앞바다에 배를 띄우고

이학규

하 씨 집은 남쪽 포구에 깊숙이 꽂혀 있어
문밖에는 망망대해 바닷물이 구름을 치고
가위로 자른 듯 멀리 펼쳐진 갈대밭은
저녁 바람 불어오면 일제히 흔들리네.

갈대는 두 길보다 더 크게 자라나서
이른 꽃은 엷게 희고 늦은 꽃은 새하얀데
반은 솟고 반은 꺾여 제방 따라 어지럽더니
사각사각 배로 다가와 얼굴을 스치고 밀려가네.

南湖放舟 남호방주

河家屋子挿湖濆 하가옥자삽호분　　門外茫茫水拍雲 문외망망수박운
極望葦梢平似剪 극망위초평사전　　晩風回處一紛紜 만풍회처일분운
蘆葦生成二丈強 노위생성이장강　　早花虛白晩花蒼 조화허백만화창
半披半折沿隄亂 반피반절연제란　　瑟瑟舟前掠面長 슬슬주전약면장

238

❀ 정조와 순조 연간의 문인 낙하생洛下生 이학규李學逵(1770~1835)가 1821년 깊어 가는 가을날 유배지인 경상도 김해에서 쓴 시다. 앞바다 남호南湖에 배를 띄우려다 눈앞에 펼쳐진 낙동강 하구의 풍경을 읊은 열네 수 가운데 두 번째와 네 번째 시다. 구름까지 닿은 망망대해를 배경으로 갈대밭은 장관을 이루며 시야 끝까지 펼쳐져 있다. 갈댓잎은 저물녘 바다에서 불어오는 바람에 일제히 흔들리며 수런대고, 흰 갈대꽃은 갈대밭 사이로 배를 타고 미끄러져 가는 시인의 얼굴을 스치고 달아난다. 저물녘 갈대밭 장관 앞에서 넋을 잃은 시인의 모습이 눈에 선하다.

호젓한 기분

이기원

집 가까이 울창한 나무가 많아
시원한 그늘을 몇 섬이나 쏟아 놓았네.
찾는 이 드물기에 방석을 높이 걸어 두었고
늙은 뒤로는 집구석 떠날 일이 아예 없네.
한참을 노리자 개를 향해 닭이 덤벼들고
몰래 다가오자 뱀을 향해 참새가 쩩쩩거리네.
이웃집 꼬마 녀석 할 일 없어 심심한지
남가새꽃 따기 하자며 찾아오누나.

幽興 유흥

近宅多幽樹 근택다유수   淸陰幾斛加 청음기곡가
客稀高吊榻 객희고적탑   人老罕離家 인로한리가
久要鷄爬犬 구요계파견   潛行雀吠蛇 잠행작폐사
隣童無箇事 인동무개사   來鬪蒺藜花 내투질려화

❀ 정조 대의 시인 홍애洪厓 이기원李箕元(1745~?)은 무명이긴 하나 정채를 발하는 작품들을 남겼다. 나이 들어 영남에 정착한 뒤로는 시골생활의 멋을 즐겨 표현했다. 어느 날 풍경을 묘사한 이 작품도 그중한 수다. 집 주위에 잎이 무성한 나무가 여러 그루라, 짙은 그늘을 쏟아붓는다. 그늘의 시원함을 볏섬으로 표현하다니 농부답다. 찾아오는 이 없고, 그렇다고 나가지도 않는다. 늙은 뒤로는 집 밖을 나갈 일도, 의욕도 없다. 그렇게 한없이 적막한 시골집의 고요가 일순간 깨진다. 마당 한쪽에서는 병아리를 노리는 개를 향해 암탉이 발톱을 치켜든 채 푸드덕 덤벼들고, 다른 한쪽에서는 몰래 다가오는 뱀을 향해 참새들이 야단스럽게 울어댄다. 그 뒤로는 또 적막하다. 적막을 견딜 수없는 이웃집 꼬마가 고개를 들이밀며 늙은이에게 남가새꽃 따기 내기를 하자고 말을 걸어온다. 고요와 소란의 흥취에 하루가 또 지나간다.

낙화

이봉환

분신이 억만 천만 바쁘게 흩어져도
의구하다 옛 가지는 억세게도 버텨 섰네.
틀림없이 봄의 신이 수레 돌려 떠나고자
미리부터 온 대지에 향을 뿌려 놓은 게지.

바람 불고 비가 내려 꽃의 운명 결판나니
나는 제비 우는 꾀꼬리 적막 신세 꼴이로다.
절대絶代의 가인佳人이라 애도문을 써야 하니
고운 창자 시인 중에 누굴 골라 맡길 텐가.

暮春與洪潁草及諸人共賦落花모춘여홍영초급제인공부락화
分身散去億千忙분신산거억천망　依舊枝株影木強의구지주영목강
定識東皇將返駕정식동황장반가　先敎大地盡鋪香선교대지진포향
風風雨雨關終始풍풍우우관종시　燕燕鸎鸎遞踶凉연연앵앵체우량
絶代佳人宜作誄절대가인의작뢰　有誰才子錦爲腸유수재자금위장

❀ 영조 대의 시인 우념재雨念齋 이봉환李鳳煥(?~1770)이 화려하던 꽃의 향연이 끝날 무렵 당대 명사들과 함께 낙화를 노래했다. 꽃나무에서는 분신이 수도 없이 떨어진다. 수레를 되돌려 지상을 떠나고자 하는 봄의 신을 배웅하려고 뿌린 향이자 깔아 놓은 양탄자다. 비 내리면 피었다가 바람 불면 떨어지는 것이 꽃의 운명. 제비 날고 꾀꼬리 우는 좋은 철이라도 쓸쓸하게 사라져야 한다. 그러나 꽃은 져도 꽃이다. 그 절대가인絶代佳人이 사라지는 길을 그대로 보낼 수는 없다. 지상의 재사才士 가운데 가장 빼어난 자를 뽑아 애도문을 쓰게 해야 어울린다. 나 아니면 그 누구랴! 평소 가슴 깊숙이 감춰 두었던 향기로운 언어를 꺼내 애도문을 써야겠다.

폭염에 시달리며

김정희

비 오는 날 구름 걷어 낼 묘수가 아예 없듯이
무더운 곳에 바람을 불러오기는 당최 불가능하지.
모기장 걷고 모기에게 살을 대주지는 못해도
힘없는 파리에게 칼을 뽑아 무엇 하랴.

대숲에 이는 산들바람에 적잖이 기뻤건만
창문에 쏟아지는 석양빛은 호되게 괴롭구나.
잘도 알지, 그대가 와주면 더위가 물러나리니
가을 강물 같은 정신에 얼음 같은 눈동자 아닌가!

苦 炎 熱 고염열

雨天披雲曾無奈 우천피운증무내　　熱處招風亦不能 열처초풍역불능
雖未開幬進禮蚊 수미개주진례문　　寧敎拔劍怒微蠅 영교발검노미승
灑竹纖涼稍可喜 쇄죽섬량초가희　　射窓斜陽苦相仍 사창사양고상잉
知是君來當辟暑 지시군래당벽서　　神若秋水眸如氷 신약추수모여빙

❋ 헌종 대의 문신 추사秋史 김정희金正喜(1786~1856)가 8월 초 폭염에 시달리다 조금 너스레를 섞어 시를 썼다. 비가 한창 내릴 때 비구름을 싹 걷어 낼 능력이 내게 있는가? 없다. 그렇듯이 이 폭염에 시원한 바람을 불게 할 능력 역시 가지고 있지 않다. 호시탐탐 나를 노리는 모기에게 피를 희사할 만큼 이타심을 보이지는 못해도, 더위에 짜증 난다고 파리를 향해 환도를 뽑아 들며 괜히 성깔을 부려서야 되겠는가. 아니다. 참자. 대숲에 산들바람이 잠깐 지나가나 싶더니만 석양빛이 창으로 쏟아져 들어와 그 괴로움을 견디기 힘들다. 폭염의 하루하루를 어떻게 하면 물리칠까? 벗이여! 그대가 찾아와 주게. 가을 강물처럼 시원한 그대 정신을 마주하고, 얼음 같은 그대 눈동자를 바라보는 순간 더위는 씻은 듯 사라진다는 것을 잘 알고 있으니.

꽃지짐

정동유

잔치가 열릴 때는
화롯불에 붙어 있어도 좋아
기름 두른 솥 위에서
쌀가루 뭉쳐 꽃지짐을 부쳤네.
꽃술을 포개어
하얀 잎사귀 멋지게 만들고
동전을 흩뿌리듯
둥근 엽전보다 더 크게 펼쳐 놨네.

기름기 떨어지는 지짐을 막 건져 내어
소쿠리 위에 얹어 놓고
부드럽고 따끈할 때 놓치지 않고
이로 물어 아삭아삭 씹어 먹었네.
꽃을 먹는다는 것이
멋도 없고 맛도 없다 말할지라도
꽃지짐이란 그 이름이 좋아
이 떡을 그렇게 먹었는가 보다.

花餻화고

當筵不厭近爐烟 당연불염근노연　搏麵油鐺耐可煎 단면유당내가전
疊藥渾成單葉白 첩예혼성단엽백　攤錢稍大五銖圓 탄전초대오수원
始撈流濕停簞上 시로유습정단상　乘熱輕明響齒邊 승열경명향치변
縱道啖花無色味 종도담화무색미　此餻只似愛名然 차고지사애명연

❀ 정조 대의 학자로 『주영편畫永編』(천문·풍속·언어·문학·물산 등에 관해 고증하고 설명한 만필집)을 쓴 현동玄同 정동유鄭東愈(1744~1808)의 시다. 봄이고, 가을이고 꽃이 필 때면 꽃잎을 따다 지짐이를 해 먹었다. 먹는 즐거움에 보는 기쁨까지 선사하는 별미다. 정동유는 여성이 해 다 주는 것을 먹기만 해도 될 터인데 거기에 만족하지 않고 직접 지짐이를 만들었다. 꽃잎을 따다 엽전보다 조금 크고 둥그런 떡 위에 얹으면 예쁜 꽃무늬가 생긴다. 기름을 두른 솥에 지져 내어 조금 식힌 다음 입에 넣으면 치아 사이에서 맛있게 씹히는 소리가 들리는 듯하다. 밖에서 꽃지짐을 즐기는 어느 날 풍경이 군침을 돌게 한다.

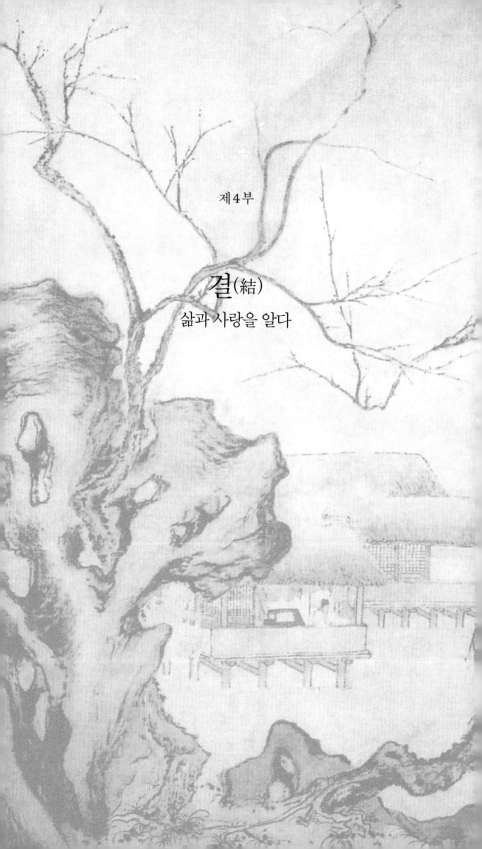

제4부

결(結)

삶과 사랑을 알다

섣달 그믐날

이식

뒤숭숭하게 밤을 새우며 앉아 있다가
멍하게 졸린 눈으로 아침 맞았네.
육신은 늙고 병들게 내버려 두고
세월은 겨울에서 봄으로 흘러가누나.
도부 붙여 축원할 일 뭐가 있겠나.
새로 담근 잣잎술도 탐내지 말자.
오로지 바라나니 가슴에 담긴
본연의 참모습을 빨리 깨달아야지.

除日 제일

忽忽坐終夕 홀홀좌종석　昏昏睡到晨 혼혼수도신
形骸從老病 형해종노병　曆紀任冬春 역기임동춘
不用桃符祝 불용도부축　休耽柏葉新 휴탐백엽신
惟須方寸內 유수방촌내　早認本來眞 조인본래진

❀ 인조 대의 문신이자 문인인 택당澤堂 이식李植(1584~1647)이 쉰한 살을 앞둔 1633년 섣달 그믐날에 심경을 썼다. 풍속에 따라 잠을 자지 않은 채 밤을 새우고 있다. 한 해를 보내려니 뒤숭숭하고, 밤을 새우려니 멍하기만 하다. 나이 오십 줄에 들고 보니 몸은 늙어 병든 데다, 계절은 금세 바뀌어 벌써 겨울이고 이내 봄이 될 것이다. 사람의 의지나 소망과는 상관없이 변화가 생긴다. 새해가 되면 도부桃符(새해에 악귀를 쫓는 부적)를 붙이고 잣잎술도 마시면서 운수가 잘 풀리기를 기원한다. 세상 풍속이니 남들처럼 나도 그렇게 한다. 하지만 그런 풍속이 무슨 소용일까. 정작 필요한 것은 외형이나 물질이 아니라 사방 한 치의 가슴이다. 올해는 마음 본래의 진정과 상식에 따라 살고자 한다. 더 배울 것도, 얻으려 애쓸 것도 없다.

절필

최성대

풍진 세상 잘못 나와 잘 풀린 일 하나 없고
험한 파도에 휩쓸릴까 돛배처럼 겁을 냈네.
신통한 단약 만들었어도 써본 적 한번 없었고
청평검*을 얻었어도 끝내 숨겨 두었다네.

동해바다 삼신산에서 벗이 오기를 기다리나
지금 나는 인간 세상에 구우일모九牛一毛로 떨어졌었네.
표연히 이곳을 떠나 하늘로 올라간 뒤엔
은 대궐에 뜬구름은 만 길 높이 솟아 있으리.

絶筆절필

誤出風塵百不遭오출풍진백부조　孤檣常怕惡波濤고장상파악파도
鍊成丹鼎何曾試연성단정하증시　斸掘靑萍竟自韜착굴청평경자도
海上應須三島侶해상응수삼도려　人間今落九牛毛인간금락구우모
飄然此去空明界표연차거공명계　銀闕浮雲萬丈高은궐부운만장고

※ 영조 대의 문신이자 시인인 두기杜機 최성대崔成大(1691~1762)의 절 필시다. 한 시대의 빼어난 시인답게 좌절과 불운의 한평생을 한 편의 시로 표현하고 떠났다. 이 세상에 온 것은 잘못된 선택. 돛단배로 큰 바다의 풍랑을 헤쳐 가듯이 늘 두려움에 떨어야 했다. 정성껏 빚은 능 력을 써볼 데도 없이 사장시킨 인생이었다. 아마도 내 고향은 선계인 듯, 선인들이 왜 그렇게 사느냐며 어서 오라고 손짓한다. 선계에서는 반겨도 이 세상에서는 쇠털처럼 존재 가치가 없다. 이제 떠나면 이 세 상과는 더는 인연을 잇고 싶지 않다. 구름이 가로막았으니 참 다행이 다. 누군들 되돌아보면 회한이 남지 않을 인생이겠느냐마는, 그래도 너무 처연한 심사다.

* 청평검(青苹劍): 명검의 이름.

밤에 앉아 옛이야기하다

정사룡

인생 백 년을 살아오면서
부산을 떨었으나 결국 무엇을 이뤘던가?
얻지도 못하고 잃을까 봐 먼저 걱정했고
기쁜 일 만나도 슬픔부터 일어났지.
노쇠한 몸 부축하느라 툭하면 지팡이나 찾고
피곤함 푼다고 자주 베개에 기대는 신세일세.
머리 돌려 산속의 계수나무를 보면서
잠깐이나마 은사인 양 시를 짓노라.

倒用前韻 도용전운

人生百年內 인생백년내　　擾擾竟何爲 요요경하위
未得先愁失 미득선수실　　當歡已作悲 당환이작비
扶衰藜動覓 부쇠여동멱　　和困枕多欹 화곤침다의
回首山中桂 회수산중계　　聊煩小隱詩 요번소은시

❉ 명종 대의 문신이자 시인인 호음湖陰 정사룡鄭士龍(1491~1570)이 예순세 살의 봄에 썼다. 예조판서로 재직하고 있는 그의 집에 친구들이 찾아와 이런저런 대화를 나누었다. 자연스럽게 살아온 인생 이야기로 대화가 번졌다. 돌이켜 보면 열심히 부산 떨며 살아온 듯하지만, 이루어 놓은 것이 변변찮다. 뭔가를 얻으면 실컷 누리기는커녕 잃어버릴까 봐 조바심이 났고, 기쁜 일이 생기면 마냥 좋아하기보다 함께 즐기지 못하는 사람 탓에 슬픔이 먼저 찾아왔다. 늘 안달복달하거나 안절부절못하는 인생이었다. 결국 지팡이나 찾고 베개에나 기대는 노쇠한 나이가 되어 버렸다. 산중의 계수나무는 어서 은퇴하라고 유혹하지만 그마저도 마음이 허락지 않아 속세에 아등바등하는, 영락없이 소심한 세상 사람이다.

세상물정

이광덕

아침 되어 손뼉 치고
조물주에게 감사하며
만 섬의 공연한 시름
한바탕 웃고 털어 버리네.
죽을 때는 살고 싶어 발버둥 쳐도
나중에는 틀림없이 후회할 테고
하는 일마다 소원대로 풀린다면
궁지에 내몰릴 자 어디 있을까?

학이 날아왔건만
매화 떨어진 뒤라서 한탄스럽고
나귀를 잃고 나니
눈이 내릴 때 한량없이 아깝더라.
아무렴 어떠랴!
아득한 동방의 역사에서
관악산 밑에 살던 이 늙은이를
아무도 기억해 주지 않는다 해도.

物情 물정

朝來拍手謝天公 조래박수사천공　　萬斛閒愁一笑空 만곡한수일소공
死苦蘄生應自悔 사고기생응자회　　事皆如願豈爲窮 사개여원기위궁
鶴到可嘆梅落後 학도가탄매락후　　驢亡偏惜雪來中 여망편석설래중
何妨百代東韓史 하방백대동한사　　不記冠山有此翁 불기관산유차옹

❀ 영조 대에 정치적 파란을 숱하게 겪은 관양冠陽 이광덕李匡德(1690~
1748)이 밤새 세상 걱정을 했다. 아침에 선잠을 깬 그는 생각을 바꾸
어 먹기로 했다. 이렇게 살아 있는 것, 그것만으로도 하느님에게 감사
할 일이니 온갖 걱정은 툴툴 털어 버리자. 죽을 때가 되면 살고 싶어
발버둥 치는 것이 인생이라지만, 사실 죽는 게 더 나을 수도 있다. 하
는 일마다 잘 풀리는 사람, 그런 인생은 어디에도 없다. 그렇긴 해도
요사이 나는 되는 일 하나 없어 탄식할 일, 아까운 일 천지다. 하지만
세상물정이 원래 그런 것이니 다 괜찮다. 관악산 밑에 살던 제법 훌륭
한 이 인간을 이 세상이, 이 역사가 영영 잊어도 좋다. 나는 괜찮다.

구안실 밤의 대화

황현

맑은 밤에 모두 모여 꽃 아래서 노래를 부르니
둥근달이 벌써 돌아와 산하를 밝히누나.
삼과 보리에는 이슬이 맺혀 방울이 송골송골
연못에는 바람이 스쳐 물결이 살랑살랑.

자네들은 품은 생각 속 시원히 털어놓게.
좋은 철은 머리 돌리면 쉽게 훌쩍 지나가지.
굽은 난간 서쪽에는 버들가지 천 가닥이
곱절로 너울대며 그림자가 많이 진다.

苟安室夜話구안실야화

淸夜相携花下謌청야상휴화하가　圓蟾已復現山河원섬이복현산하
凉添麻麥垂垂露양첨마맥수수로　風掠池塘灩灩波풍략지당염염파
諸子論懷宜有述제자논회의유술　良辰回首易輕過양신회수이경과
曲欄西畔千絲柳곡란서반천사류　一倍婆娑影更多일배파사영갱다

❀ 조선 말기의 문인 매천梅泉 황현黃玹(1855~1910)이 마흔일곱 살이 되는 해에 지었다. 전라도 구례에 있는 구안실苟安室 매천의 집에 친구들이 모였고, 날씨가 화창해 화계 아래에 둘러앉았다. 밤이 되어 하늘에는 둥근달이 떠올랐다. 달빛이 환해 풀잎에 맺힌 이슬방울과 연못에 이는 물결이 훤히 보인다. 뜬구름 같은 인생이라, 이렇게 좋은 철에 얼굴 마주하고 대화를 나누기도 쉬운 일은 아니다. 그러니 품은 생각이 있고, 하고 싶은 말이 있거든 숨기지 말고 털어놓자. 이런 순간이 언제나 찾아오는 것은 아니잖나. 그렇게 한 사람 한 사람 속마음을 풀어놓는 사이, 난간 저편 버들가지가 달빛을 받으며 바람에 흔들려 그늘이 일렁거린다. 마치 실타래 풀리듯 이어지는 대화에 호응하는 듯하다.

들판의 메추라기

홍세태

들판의 메추라기가
들판에 나고 자라며
갈대밭에 둥지를 틀었다.
울창한 숲은 아니라도
제 한 몸 숨기기에 넉넉하다.

날씨 춥고 북풍 매서운 세모라
굶주린 매가 부리를 갈고 얼어붙은 하늘을 난다.

들판의 메추라기야!
네 몸이 작다고 탓하지 마라!
발톱이 낚아채 아침거리로 변하지 않나니
크고 작은 사물은 제각기 쓸모가 있는 법
만물은 모두가 천기天機를 따라 산다.

野田鶉行 야전순행

野田鶉 야전순 生在野田中 생재야전중 結巢蒿荻叢 결소호적총
雖非托茂林 수비탁무림 亦足藏其躬 역족장기궁
歲暮天寒北風勁 세모천한북풍경 飢鷹厲吻當霜空 기응여문당상공
野田鶉 야전순 莫恨爾身微 막한이신미 得免爪攫充朝飢 득면조확충조기
乃知大小各有用 내지대소각유용 萬物皆天機 만물개천기

❀ 숙종 대의 시인 유하柳下 홍세태洪世泰(1653~1725)가 1705년 황해
도 옹진에 머물 때 쓴 시다. 홍세태는 매사냥을 감독하는 자리에 있었
다. 사냥을 잘하는 매를 보는 일은 신나고 호쾌하다. 그런데 그의 눈
에 갈대밭에 숨어 사는 메추라기가 들어왔다. 겨울 하늘 아래서는 매
의 눈초리를 벗어날 수 없을 것만 같다. 하지만 그렇게 위태위태해 보
여도 갈대밭 속에서 메추라기는 잘도 산다. 몸이 너무 작아서 매가 잡
으려 하지 않는다. 분명 저것이 하늘 아래 생명이 살아가는 이치리라.
아무리 작고 힘없어도 제 생명 누리며 살 권능을 부여받았다는 말을
메추라기가 전하는 듯하다. 내가 곧 메추라기다.

병석의 나를 위로하며

최천익

병석에 오래 누워 몸의 살은 빠졌으나
마음이 살찌도록 앞으로는 애쓰리라.
문을 닫고 편안히 책을 보니 절로 기쁘고
세상을 멀리하고 남을 보지 않아도 괜찮더라.

중년에 새로 꾸민 일은 말짱 망녕이라
딴 길 찾아 내닫다가 늦게야 돌아왔네.
이제부터 심신을 추스르고 살고자 하니
절실한 내면공부가 내게는 더 알맞으리.

病中自慰 병중자위

吟病多時減帶圍 음병다시감대위   尚期他日戰勝肥 상기타일전승비
閉門自喜看書穩 폐문자희간서온   謝世何妨見客稀 사세하방견객희
中歲經營都是妄 중세경영도시망   外途橫騖晩知歸 외도횡목만지귀
從今復拾心神去 종금부습심신거   近裏工夫或庶幾 근리공부혹서기

❀ 영조 대의 여항시인 농수農叟 최천익崔天翼(1712~1779)은 경상도 흥해에서 아전 집안의 아들로 태어나 평생을 공부로 보냈다. 중년에 뭔가 새로운 사업을 시도하다 실패했고, 그 때문에 병이 생겨 몸져누웠다. 몸은 수척해졌으나 마음을 고쳐먹고 내적 양식을 쌓아 앞으로는 마음 부자가 되겠노라고 다짐해 본다. 병석에 누우니 좋은 점도 있다. 문 닫아걸고 차분히 책을 읽을 수도 있고, 세상과 담쌓아 남들과 억지로 어울리지 않아도 된다. 모든 것이 중년 들어 새로운 일을 시도하다 벌어졌다. 천방지축 날뛰다 결국 허망한 일로 귀결되었고, 그제야 내 길이 아닌 줄 알았다. 책을 읽으며 진정 내 본분이 무엇인지 차분히 내면공부(근리공부近裏工夫)를 하면서 심신을 추스른다면 병석에 누워 있는 지금이 더 나은 인생을 향한 전환기가 될 것 같다.

혼자 웃다

정약용

곡식 가진 이는 먹을 식구 없어도
자식 많은 이는 굶주려 걱정이다.
고관은 영락없이 바보인데도
영재는 재능 써먹을 자리가 없다.
두루두루 복을 갖춘 집 이렇게 드물고
극성하면 대개 쇠락의 길을 밟는다.
아비가 검소하면 자식은 방탕하고
아내가 똑똑하면 남편은 어리석다.
달이 차면 구름이 자주 끼고
꽃이 피면 바람이 망쳐 놓는다.
세상사가 모두 다 이런 거지.
혼자 웃는 이유를 남들은 모르리.

獨笑 독소

有粟無人食 유속무인식　多男必患飢 다남필환기
達官必憙愚 달관필용우　才者無所施 재자무소시
家室少完福 가실소완복　至道常陵遲 지도상능지
翁嗇子每蕩 옹색자매탕　婦慧郎必癡 부혜낭필치
月滿頻值雲 월만빈치운　花開風誤之 화개풍오지
物物盡如此 물물진여차　獨笑無人知 독소무인지

❀ 정조 대의 학자 다산茶山 정약용丁若鏞(1762~1836)이 전라도 강진에 유배된 초반기에 썼다. 사회는 참으로 부조리하다. 무능한 이가 높은 자리를 차지하고, 유능한 이는 능력을 발휘할 자리가 없다. 재산이 많은 사람은 누릴 자식이 없는 반면, 자식 많은 이는 배고파 걱정이다. 하늘은 한 사람에게 복을 몰아주지 않는다. 어디 그뿐인가? 이만하면 됐다 싶은 삶의 궤도에 오르니 그때부터 내리막길이다. 세상과 인생이 왜 이렇게 돌아가는지 참으로 모를 일이다. 인생이 갑자기 나락으로 떨어진 이유를 정약용은 아무리 생각해도 찾지 못했던가 보다. 부조리와 결함이 인생인가 싶다.

한강 가에 세 들어 살다

이건창

십 년 만에 이제 겨우 작은 집을 얻고 보니
마음대로 살게 되어 그게 절로 기쁘다.
집안 형편 따져 보면 글공부에 힘써야 하고
세상길을 생각하면 낚싯배가 후련하지.

대나무를 더 심어서 새로 난 길 잘 꾸미고
갈대꽃을 잘라내어 여울 길을 표시하네.
풍광이야 이렇듯이 한량없이 좋다마는
고향집은 잊으려도 끝내 잊기 어렵구나.

南湖寓園雜詠 남호우원잡영
十年纔得一枝安 십년재득일지안   飮啄隨緣亦自歡 음탁수연역자환
算計家貲書劍重 산계가자서검중   尋思世路釣船寬 심사세로조선관
栽添竹樹標新徑 재첨죽수표신경   折減蘆花記小灘 절감노화기소탄
儘道風光無限好 진도풍광무한호   故園終是欲忘難 고원종시욕망난

❀ 조선 후기의 문신 영재寧齋 이건창李建昌(1852~1898)이 쓴 시로, 100년 전 스무 살 젊은이가 서울 셋집에 사는 풍경이다. 고향 강화도를 떠나 서울에 와서 공부하고, 과거도 보고, 벼슬도 시작했다. 수재로 소문났으나 10년 동안 더부살이 생활을 면치 못했다. 용산 강가에 별장을 빌려 살기로 하고 늦가을 이사를 했다. 주인집 눈치를 보지 않아도 되는 것이 무엇보다 기쁘다. 한강의 풍광은 정말 마음에 든다. 강을 바라보고 있으면 열심히 공부해 집안을 일으켜야 한다는 중압감도 가벼워진다. 집 주변과 강으로 난 길을 손봤다. 앞으로 멋진 생활이 펼쳐질 것 같다는 기대가 충만하다. 아무리 좋다 해도 고향집만은 못하겠지만 말이다.

산중에 잠시 머물며

이규보

산꼭대기는 차마 오르지 않노니
오르기 힘들어서는 결코 아니다.
산사람의 눈을 가지고는
인간 세상 바라보기 두려워서다.

산사람 마음을 떠보려고
문에 들어가 술주정부터 부려 봤다.
반가움도 불평도 끝내 안 보이니
진정한 고사임을 이제 알겠다.

山中寓居 산중우거

高巓不敢上 고전불감상   不是憚躋攀 불시탄제반
恐將山中眼 공장산중안   乍復望人寰 사부망인환

欲試山人心 욕시산인심   入門先醉嚲 입문선취비
了不見喜慍 요불현희온   始覺眞高士 시각진고사

✸ 고려 명종 대의 문신 백운거사白雲居士 이규보李奎報(1168~1241)는 젊은 시절 개성 천마산 아래서 살았다. 산에 자주 올랐고, 그때 느낀 단상斷想들을 짤막한 시 여러 편으로 표현했다. 단상이라고 해서 결코 가볍게 넘길 수 없는, 깊이 있는 내용들이다. 산 정상은 일부러 등반하지 않는다. 힘들어서가 아니다. 정상에 올라가 사람들이 살아가는 세상을 내려다보면 다시는 그리로 돌아가지 않을 것만 같은 두려움이 생겨서다. 자칫 세상을 버리고 영영 산속으로 들어갈지도 모른다. 한편, 산에 사람이 살고 있어 괜찮은 분인가 시험하고픈 장난기가 동했다. 일부러 미친 척 불쑥 들어가 다짜고짜 술주정을 해댔다. 하지만 끝내 화를 안 내고 반가워도 안 한다. 세상 사람과는 차원이 다르다. 이래저래 산으로부터 멀어질 수가 없다.

밤마다 꿈에서 죽은 벗을 본다

김효건

내가 직접 일흔 살이 되고 보니
옛날부터 드문 나이라던 말이 맞구나.
자리에서 담소 나누는 이들은 모조리 새 얼굴
꿈속에서 단란하게 모인 이들만이 옛 벗들이라.

요동의 학처럼 고향 찾아가 슬퍼하지는 않아도
빠른 말처럼 달리도록 누가 세월을 재촉하나?
남아 있는 몇 사람도 이제는 모이기 힘들어
새벽별 드문드문 반짝이듯 흩어져 사누나.

連夜夢見亡友 感懷錄奉 연야몽견망우 감회록봉

七十吾身見得親 칠십오신견득친　　古稀詩句始知眞 고희시구시지진
坐間談笑皆新面 좌간담소개신면　　夢裏團圓是故人 몽리단원시고인
遼鶴不須悲舊郭 요학불수비구곽　　隙駟誰使駕奔輪 극사수사가분륜
餘存幾個猶難會 여존기개유난회　　落落疏星散似晨 낙락소성산사신

270

❀ 광해군과 인조 대의 문신 경현謦玄 김효건金孝建(1584~1666)이 일흔 살을 넘겨 시를 썼다. 그는 여든세 살까지 살았고 부인은 아흔셋, 아들은 아흔네 살에 저세상으로 떠난, 이른바 장수 가족이었다. 지금도 드문 일이니 당시에는 오죽했을까. 장수해 좋겠다고들 하지만 직접 겪어 보니 좋은 것만도 아니다. 벗들이 모두 저세상으로 떠나 혼자만 남았다. 어디를 가든 낯선 젊은이들 틈에 늙은이 혼자 끼어 있는 모양새라 노인네 대접을 받아도 외롭다. 그 외로움은 겪어 본 자만이 안다. 며칠 동안 꿈속에 옛 친구들이 자꾸 나타났다. 꿈에서나마 정을 나누고 나니 외로움이 조금 가셨다. 그래도 오래 사는 자의 외로움은 끝내 털어낼 수 없다. 새벽하늘에 듬성듬성 흩어져 있는 별들의 쓸쓸함을 친구들도 느끼는지 모르겠다.

무료하여 지어 본다

최립

햇볕이 오래 머무는
남쪽 창을 너무 즐기나니
산들바람 약하게 불어
눈발을 날리고 있다.
혀를 바꾼 것도 아니런만
새는 진부한 말이 하나 없고
꽃을 피우려는지
나무는 절로 가지가 예뻐지네.

봄이 찾아온들
특별히 멋진 일을 하지 못하니
시를 새로 지어
나그네 심회나 풀어 볼까.
거울 속에 흰머리가
삼천 길이나 늘어났으니
괜한 걱정 들어오지 않는
나이라고 말하지 마라.

漫爲만위

剩喜南窓日稍遲잉희남창일초지　微風舞雪不成吹미풍무설불성취
禽非易舌無陳語금비역설무진어　樹欲生花自好枝수욕생화자호지
春事未應多異巧춘사미응다이교　客懷聊亦動新詩객회요역동신시
鏡中白髮三千丈경중백발삼천장　休道緣愁不入時휴도연수불입시

❀ 선조 대의 저명한 문인 간이簡易 최립崔岦(1539~1612)이 1594년 명
나라에 사신으로 가는 도중에 지었다. 왜군의 침략을 막으려고 군대
파병과 광해군의 세자 책봉을 요청하러 가는 길이었다. 초봄이라 숙
소의 남쪽 창가로 햇볕이 들어 따뜻하다. 볕을 받으며 앉아 있으니 눈
발이 조금 날리기는 해도 그리 춥지 않다. 새들은 혀를 바꾼 것도 아
닐 텐데 활기차면서 신선한 목소리로 지저귀고, 나뭇가지는 물이 차
올라 꽃이 필 것만 같다. 풍경은 어느새 봄을 재촉하건만 신나는 기분
이 들지 않고, 구경할 거리도 없다. 거울을 들여다보니 성성한 백발이
눈에 들어온다. 아무런 걱정이 없는데도 흰머리가 왜 이리 많이 생겼
을까? 걱정이 무엇이냐고 묻지 마라. 봄이 와도 봄 같지가 않다.

실록 편찬을 마치고

김희령

오늘에야 오랜만에 북한산을 다시 보고
돌아온 뒤 종일토록 대문을 닫아 두었네.
책더미 속에서 팔을 베고 누워 뒹굴다가
뒷짐 지고 초목 사이 천천히 걸어 다녔네.

지나고 나면 알게 되지 모든 게 환영임을
집에 오면 느끼게 되지 집만이 편안함을.
한동네 사는 친구들아, 어땠느냐 묻지 마라.
머리 허연 예전 얼굴 십 년 동안 똑같다네.

實錄畢役 還家有賦 실록필역 환가유부

久矣今朝見華山 구의금조견화산　歸來終日掩荊關 귀래종일엄형관
曲肱頹臥琴書內 곡굉퇴와금서내　負手徐行草樹間 부수서행초수간
過境終知皆幻夢 과경종지개환몽　還家始覺有餘閒 환가시각유여한
里中父老休相問 이중부로휴상문　白首十年依舊顏 백수십년의구안

❋ 순조 연간의 저명한 여항시인 소은素隱 김희령金羲齡(?~?)은 1835
년부터 1838년까지 만 3년 동안 진행된 『순조실록純祖實錄』 편찬 작
업에 참여한 뒤 집으로 돌아왔다. 역사에 길이 남을 국가적 편찬 사업
에 규장각 서리書吏로 참여했으니 얼마나 영광스럽고 뿌듯하겠는가.
보람된 일을 했다고는 하지만 지나고 나니 환몽幻夢이다. 부러워하는
남들의 시선도 다 부질없다. 오랜만에 집에 틀어박혀 뒹굴고 산책도
하니 마음의 여유와 행복을 주는 공간은 역시 집밖에 없다. 내가 돌아
왔다는 소식을 듣고 벗들이 찾아와 이것저것 묻겠지. 그러나 나는 달
라진 것 하나 없는 옛날의 나일 뿐이다.

소회를 쓰다

임광택

삼십 년 세월 문서 만지며
관공서를 집으로 여겼으니
광흥창에서 배급하는 묵은쌀에
곤경도 참 많이 겪었구나.
노쇠한 나이에는
뿌리로 돌아가는 낙엽 신세이면서
젊은 시절에는
똥구덕에 떨어지는 꽃잎이라 슬퍼했지.

떠나는 동료를 연민한
옛사람의 글을 따분해했더니
가난을 즐기는
이웃 친구의 노래를 즐겨 듣게 됐네.
날씨 추워진 대지를
얼음이 뒤덮을 시절이니
자벌레는 깊이 숨어
흙구덩이에 숨어 있겠네.

寫懷_{사회}

卅載簿書官作家 삼재부서관작가　太倉紅粒困人多 태창홍립곤인다
衰年自作歸根葉 쇠년자작귀근엽　少日曾悲墮溷花 소일증비타혼화
懶讀昔賢歎逝賦 나독석현탄서부　耽聽隣友樂貧歌 탐청인우낙빈가
天寒大地氷將結 천한대지빙장결　尺蠖深藏伏土窠 척확심장복토과

❀ 18세기의 여항시인 가운데 한 명인 쌍백당雙柏堂 임광택林光澤
(1714~1799)이 하급 관료 생활을 마칠 무렵에 썼다. 무려 30년 세월
을 나라의 쌀 창고인 광흥창에서 묵은쌀을 급료로 받으며 견디었다.
한창 젊은 시절에는 잘나가는 남들을 보면서 나는 왜 하필 똥구덕에
구르는 꽃잎 처지가 되었을까 안타까워한 적도 있었다. 이 자리를 퇴
직하는 선배들을 떠나보낼 때마다 나는 그들과 다를 줄 알았는데, 이
제 와서 보니 나도 다를 것이 하나 없다. 곧 이 자리를 떠나 선배들처
럼 가난을 감내해야 할 시간이 다가오고 있다. 날씨가 추워져 대지가
얼어붙게 될 때면 자벌레는 흙구덩이로 숨어든다. 『주역周易』에서는
"자벌레가 몸을 구부리는 것은 장차 몸을 펴기 위해서다"라고 했다.
지금은 몸을 숨겨야 할 때다.

평릉역 역사의 기둥에 쓰다

무명씨

오로지 나를 위해 관직에 부임했건만

관대 차고 과객 맞자니 백발에 부끄럽구나.

조물주의 화로 앞에 귀찮게 축원하노니

다른 생에는 바닷가 갈매기로 만들어 주오.

題平陵舘柱 제평릉관주

一官都是爲身謀 일관도시위신모　束帶逢迎愧白頭 속대봉영괴백두
造化爐前煩祝禱 조화노전번축도　他生願作海中鷗 타생원작해중구

❀ 이름을 알 수 없는 평릉역 역관驛官이 지은 시다. 평릉역은 강원도 삼척 바닷가에 있던 오래된 역으로, 현재는 동해시 중심부가 된 유서 깊은 장소다. 역사驛舍 기둥에 이 시가 쓰여 있었으니 역관이 소회를 적은 것으로 보인다. 별다른 큰 뜻이 있어서가 아니다. 그저 편하게 살고 싶은 마음에 어렵사리 관직 하나를 꿰찼다. 하급 관료가 되고 나니 관대에 관모를 차려입고 역을 찾아오는 높거나 낮은 벼슬아치들을 공손히 맞이해야 한다. 비위에 맞고 안 맞고 가릴 처지가 아니다. 자신을 위해 관직에 나아갔으니 오히려 허연 머리가 부끄럽게 느껴진다. 그렇다고 이 자리를 통쾌하게 내던지고 자유인이 될 수도 없다. 바닷가 하늘을 나는 갈매기가 오히려 부럽다. 사람의 운명을 정하는 조물주의 용광로 앞으로 나아가 조물주를 귀찮게 하더라도 축원의 말 한마디 올려야겠다. 다음 생에는 차라리 저 바닷가 갈매기로 태어나게 해달라고 말이다.

함께 숙직하는 동료에게

이종휘

가을 깊어 가는 북부의 관청은
시 짓기에 딱 어울리는 장소
백악에다 수풀까지
저녁 빛깔이 아주 곱다.
한 동네를 독차지했어도
제 앞가림 전혀 못 하고
관아 문이나 지키면서
작은 자리 그냥 얹혀사네.

날씨가 더 서늘해져
대추 볼은 발갛게 물들었고
가랑비 내린 뒤라
배춧속은 파란빛이 들었네.
새벽 지나 파루종 칠 때라고
그대는 비웃지 말게나.
물이 흐르면 물도랑 이루는 섭리를
뭘 그리 의심하는가?

宰監直中奉和何求翁趙僚遠慶 재감직중봉화하구옹조료원경

秋深北署政宜詩 추심북서정의시 岳色林光晚景奇 악색임광만경기
專壑未能營兎窟 전학미능영토굴 抱關聊復借鷦枝 포관요부차초지
丹浮棗頰新涼後 단부조협신량후 綠入蔬心細雨時 녹입소심세우시
漏盡鐘鳴翁莫笑 누진종명옹막소 渠成水到更何疑 거성수도갱하의

❀ 영조와 정조 대의 역사가 수산修山 이종휘李種徽(1731~1797)가 1796
년 서울 서촌 통의동 부근의 사재감司宰監에 근무할 때 지었다. 밤새
하구옹何求翁 조원경趙遠慶과 숙직하며 이런저런 대화를 나누다 시를
써 보여 주었다. 가을이 깊어 백악의 산빛이 멋지고 단풍도 고와 시가
절로 나온다. 그렇지만 자신을 돌아보면 먹고살 것도 마련해 놓지 못
한 채 언제 밀려날지 모를 자리를 위태롭게 지키고 있다. 요사이 발갛
게 익은 대추와 파랗게 속이 찬 배추를 보면 저것들만도 못한 속 빈
강정 같은 처지라는 느낌이 든다. 조원경이 "우리는 파루종처럼 끝물
이야"라며 속내를 풀어놓는다. 그래도 나는 희망의 끈을 놓고 싶지
않다. 물이 흐르면 자연스럽게 물도랑이 만들어지듯이, 평생 노력한
보람 역시 때가 되면 이루어지겠지. 그렇게 숙직하는 밤이 깊어 간다.

아침에 일어나

정작

뜬 인생이 꿈과 같은 줄
깨닫지 못하고
인생 걸고 지략을 다투다가
늙다리 신세 되었구나.

웃음이 절로 나오나니
밤새도록 갖은 궁리 짜내도
언제나 아침 되면
도로 말짱 헛일이 되어 버리네.

朝起戲書窓紙조기희서창지
不惡浮生是夢中불오부생시몽중　競將謀智賭成翁경장모지도성옹
夜來自笑千般計야래자소천반계　每到明朝便一空매도명조편일공

❀ 선조 대의 명사 고옥古玉 정작鄭碏(1533~1603)이 아침에 일어나 떠오른 생각을 창호지에 시로 써 두었다. 인생은 뜬구름과 같고, 꿈과 같다. 그 점을 무시하고 사람들은 온갖 모략과 지식을 동원해 성공이라는 꿈을 실현하려 애쓴다. 인생을 걸고 남들과 경쟁하면서 늙어 죽을 때까지 포기할 줄 모른다. 지난밤에도 잠자리에서 이런저런 거창한 인생 계획을 설계하고는 흐뭇한 기대감에 잠이 들었다. 하지만 아침에 깨어나 돌이켜보니 실현될 것이 하나도 없어 말짱 꽝이다. 본분을 지키며 살아야 할 텐데, 여전히 신기루 같은 욕망의 환영에 사로잡혀 있다. 오늘 아침 내 모습에 웃음이 피식 나온다. 이제 미망迷妄으로부터 벗어나 보자.

홀로 길을 가다

송익필

새 한 마리 하늘가로 사라졌으니
높은 자취를 어디 가면 찾을거나?
밤길에서는 조각달을 따라서 가고
아침에 일어나선 외로운 산을 마주 보네.
간격이 있으면 간담肝膽도 나눌 길 없고
사심이 없으면 옛날도 현재가 되네.
지팡이 멈추고 때때로 홀로 앉노니
흐르는 물이 바로 내 친구일세.

獨行독행

一鳥天邊去일조천변거   高蹤何處尋고종하처심
夜行隨片月야행수편월   朝夢對孤岑조몽대고잠
有膜肝猶越유막간유월   無私古亦今무사고역금
停筇時獨坐정공시독좌   流水是知音유수시지음

❀ 명종과 선조 대의 유학자 구봉龜峯 송익필宋翼弼(1534~1599)의 시다. 고독한 사물을 즐겨 읊은 시인으로, 길을 걸을 때 그의 시선은 곧잘 하늘 높이 날아가는 새에 머문다. 새는 함께 어울리고 싶은 고매한 인품의 벗과도 같은 존재다. 그런 새가 시야에서 사라졌다. 밤에는 어둠 속에서 홀로 빛나는 조각달을 찾고, 잠에서 깬 아침나절에는 외롭게 서 있는 산을 바라본다. 그 자신도 혼자만의 시간을 즐긴다. 왜 그렇게 자주 일부러 고독과 마주하는 것일까? 고독의 순간에는 사물과 자신을 가로막는 장애물이 없고, 사사로운 욕망도 개입되지 않기 때문이다. 고독은 그냥 혼자가 아니다. 세상이나 사물에 다가가 소통하고, 먼 옛날과도 대화를 나누게 한다. 길을 걸으며 고독한 것들과 대화하는 시간은 세상을 관조하고 인생을 음미하는 가장 즐거운 순간이다. 흐르는 물이 나와 친구 하자며 나직이 속삭인다.

종이연

이상적

종이연이 둥실둥실
하늘 가득 떠오르고
아이들이 수도 없이
물결치듯 휩쓸리네.

조종하는 권세가 손에 있다며
제멋대로 뽐내지만
줄 한 가닥 바람에 끊어지면
종이연을 어찌하랴.

紙鳶 지연

紙鳶搖曳滿天多 지연요예만천다　無數街童動似波 무수가동동사파
操縱謾誇權在手 조종만과권재수　一絲風斷奈如何 일사풍단내여하

❀ 19세기의 저명한 역관이자 시인인 은송당恩誦堂 이상적李尙迪
(1803~1865)이 1855년에 지었다. 대보름을 전후한 초봄이면 연을 날
리느라 세상이 들썩인다. 소싯적 추억이 몰려든다. 숱한 세월이 지났
고, 이제는 멀찍이 떨어져 있다. 거리에는 수많은 아이가 연을 날리고
자 휩쓸려 다니고, 하늘에는 형형색색 연이 가득히 떠 있다. 신난 아
이들은 제 마음대로 연을 조종하며 손아귀에 움켜쥔 권력을 뽐내느라
정신이 팔렸다. 연줄이 바람에 끊겨 연이 허공 멀리 날아가면 그만이
건만, 그런 것쯤은 아랑곳하지 않는다. 얼레를 쥐고 으스대며 연을 조
종하는 아이들을 보니 권세에 도취한 고관들이 떠오른다. 그들은 하
늘 높은 줄 모르고 권력에만 취해 딴 데서 불어오는 바람에 추락할 수
있음을 눈치채지 못한다. 연 날리는 아이들을 보면서 불쑥 그들만도
못한 고관들에게 연민이 생겼다.

친구에게

이황

성격이 괴팍해 조용함을 항상 탐내고
몸이 허약해 추위를 정말 겁내네.
솔바람 소리를 문 닫은 채 듣거나
매화에 쌓인 눈을 화로 끼고 보네.
세상맛은 나이 들수록 각별해지고
인생은 끝 무렵이 한결 어렵지.
깨닫고서 한바탕 웃어 버리니
예전에는 헛된 공명 꿈꾸었구나.

次友人寄詩求和韻 차우인기시구화운

性癖常貪靜 성벽상탐정   形羸實怕寒 형리실파한
松風關院聽 송풍관원청   梅雪擁爐看 매설옹로간
世味衰年別 세미쇠년별   人生末路難 인생말로난
悟來成一笑 오래성일소   曾是夢槐安 증시몽괴안

❀ 명종 대의 유학자 퇴계退溪 이황李滉(1501~1570)이 겨울에 시를 써 친구에게 보냈다. 내가 이런 시를 썼으니 읽어 보고 답시를 써 보내 달라는 편지였다. 현재의 심경을 표현하고 앞으로 어떻게 살아가겠다는 속내를 먼저 밝혔다. 성격은 조용한 것을 좋아하고 몸은 허약해 추위를 무서워한다. 그래서 밖을 나다니지 않고 집에 틀어박혀 산다. 집에서는 문을 닫고 밖에서 들려오는 솔바람 소리를 듣거나, 화로를 끌어안은 채 눈 덮인 매화를 바라보는 것을 낙으로 삼는다. 풍경을 보면서 노년의 삶을 생각해 본다. 세상 사는 맛은 청춘 때가 제일 좋은 것처럼 보이지만, 그렇지 않다. 오히려 나이가 들어갈수록 각별한 맛이 있다. 노년의 삶은 덤이 아니라 본령이다. 인생의 마지막 장을 잘 사는 것이 정말 어렵다. 노추老醜로 살지 말아야겠다. 그렇게 생각하니 마음이 편해진다. 아, 나는 왜 젊은 시절 그렇게 부귀공명에 안달했던 것일까? 시의 목소리는 나직하고 담백하며 따뜻하다.

바둑 즐기는 늙은이

변종락

나는야 시골 살며 빚이 없는 늙은이
재물은 이웃들과 사이좋게 나눠 쓰네.
벼슬길 청운에는 인연 없어 못 올라가도
전원에서 늙어 가며 흥겨운 일은 끝이 없네.

얼마간의 논밭은 후손에게 물려주고
약간의 서책일랑 아이 주어 공부시키네.
늙을수록 바둑 병은 우습기도 하거니와
눈에 가득한 시를 부르는 달과 바람은 또 어쩌면 좋나.

棋翁 기옹

自謂居鄕了債翁 자위거향요채옹
有無要與四隣通 유무요여사린통
靑雲金馬緣何薄 청운금마연하박
白首林泉興不窮 백수임천흥불궁
多少園田貽後計 다소원전이후계
若干卷軸付兒工 약간권축부아공
老來碁癖還堪笑 노래기벽환감소
滿目詩饞月又風 만목시참월우풍

✿ 160년 전 전라도 장성에 살던 변종락邊宗洛(1792~1863)이 만년에 썼다. 그의 호는 기옹碁翁, 바둑을 즐기는 노인이다. 그 호를 따 기옹정碁翁亭이란 정자를 짓고 바둑에 빠져 지냈다. 갚아야 할 빚이 없는 시골 늙은이라니, 태평하고 여유로운 심사를 짐작할 만하다. 벼슬 운이 없는 대신 전원생활의 즐거움을 만끽한다. 자식들 생계도 다 장만해 두었고, 손자들 공부시킬 책도 충분하다. 이만하면 여생을 즐길 일만 남았다. 한평생 고치지 못할 고질병으로 달고 사는 것이 바로 바둑을 즐기는 취미다. 참 우습기 짝이 없는 병이다. 한 가지 병이 더 있다면, 바로 시를 좋아하는 버릇. 사방 천지에 멋진 풍경 펼쳐지니 시를 안 짓고는 못 배기겠다.

자식 교육

이황

많이 가르치는 것은 싹을 뽑아 북돋는 짓이요
큰 칭찬은 회초리 치기보다 오히려 낫다.
자식한테 바보 같다고 말하지 말고
차라리 좋은 낯빛을 보이는 게 낫다.

訓蒙 훈몽

多教等揠苗 다교등알묘   大讚勝撻楚 대찬승달초
莫謂渠愚迷 막위거우미   不如我顏好 부여아안호

❀ 자식 교육에는 장사가 없다. 조선 유학의 큰 스승인 퇴계退溪 이황
李滉(1501~1570)이 지었다고 『위당집葳堂集』에 전해지는 이 시만 봐도
알 수 있다. 부모는 자식에게 많은 것을 가르치려 들고, 공부를 안 한
다는 이유로 회초리로 때리기도 하며, 생각대로 안 되면 바보니 멍청
이니 욕하면서 혼내려 든다. 그렇게 하지 않으려 해도 몸이 말을 듣지
않는다. 이황은 다 소용없는 짓이라고 못을 박았다. 자식을 많이 가르
치려는 것은 곡식을 빨리 자라게 하려고 싹을 뽑아 올리는 짓과 같아,
그냥 놓아두면 잘 자랄 수도 있는 아이의 가능성마저 없애 버린다. 회
초리보다 칭찬의 말이 훨씬 더 효과적이다. 최악은 자식에게 화를 내
면서 바보, 천치라고 욕하는 일이다. 차라리 따뜻한 표정으로 대하
라! 기다리면 잘할 때가 오고, 적어도 기를 꺾어 공부를 증오하게 만
들지는 않을 것이다. 자식 교육을 놓고 부모가 범하기 쉬운 맹점을 잘
도 짚어 냈다.

약이란 이름의 아이

이정직

약아藥兒가 아직 젖을 못 떼었어도
배고프고 배부른 줄은 잘도 안다.
엄마 따라 옹알옹알 말 배우더니
"별 하나 나 하나, 별 셋 나 셋."
안고 어르기를 멈출 수 없건마는
세 살이라 참새처럼 뛰쳐나가네.
한 번만 웃어도 번뇌 시름 잊게 하니
내 병을 고치는 약 같은 아이지.

藥兒약아

藥兒未斷乳약아미단유   饑飽稍能諳기포초능암
學母牙牙語학모아아어   星三我亦三성삼아역삼
抱弄鳥可已포롱오가이   三歲能雀躍삼세능작약
一笑忘煩憂일소망번우   是謂吾之藥시위오지약

❋ 19세기의 역관 천뢰天籟 이정직李廷稷(1781~1816)의 시다. 그의 맏아들이 역관으로 유명한 우선藕船 이상적李尙迪이다. 1814년 둘째 아들 이상건李尙健이 세 살이 되었을 때 지었다. 아명을 '약아藥兒'로 짓고 보니 틀린 말이 아니다. 젖먹이라도 배고프다는 의사를 제대로 표현하고, 엄마에게 말을 배우더니 '별 하나 나 하나'를 셋까지 센다. 견딜 수 없을 만큼 귀여워 품에서 놓지 않고 안아 주지만, 이제는 저도 세 살이라고 품을 벗어나 참새처럼 폴짝폴짝 뛰어다닌다. 아들이 한 번 웃기라도 하면 바깥세상에서 겪은 온갖 힘든 일이 말끔히 씻겨 나간다. 세 살 난 아들이 내게는 약이다. 그 어떤 약도 이보다 잘 듣지 않는다.

내가 봐도 우습다

안정복

나이가 팔십에 가까운 늙은이가
날마다 어린애들과 장난을 즐긴다.
나비 잡을 때 뒤질세라 따라갔다가
매미를 잡으러 함께 또 나간다.
개울가에서 가재도 건지고
숲에 가서 돌배도 주워 온다.
흰머리는 끝내 감추기 어려워
남들이 비웃는 소리 때때로 들려온다.

自戲效放翁 자희효방옹

翁年垂八十 옹년수팔십　日與小兒嬉 일여소아희
捕蝶爭相逐 포접쟁상축　黏蟬亦共隨 점선역공수
磵邊抽石蟹 간변추석해　林下拾山梨 임하습산리
白髮終難掩 백발종난엄　時爲人所嗤 시위인소치

✤ 영조와 정조 대의 학자 순암順庵 안정복安鼎福(1712~1791)이 표현한 조선시대 노인의 일상이 경쾌하다. 팔십 노인의 친구는 어린아이들. 아이들에게 뒤질세라 나비를 잡고 매미도 잡으며 어울려 다닌다. 그뿐 아니다. 아이들이 가는 데는 어디고 쫓아다닌다. 개울가에서 돌을 헤쳐 가재를 줍고, 산등성이에서는 떨어진 돌배를 줍는다. 머리가 흰 것만 빼면 나도 아이와 같은 마음이다. 백발을 숨길 수 없어 "저 노인네, 노는 짓이 우습군"이라는 비웃음소리가 들려오는 듯해도 괘념할 필요 있나? 오늘도 아이들하고 놀러 나가야겠다.

봄을 찾아 나서다

이용휴

아침 되자 나귀 풀어 가는 대로 내맡기고
보따리는 아이에게 들려 뒤따르게 했네.
강마을에 햇볕이 쏟아져 꽃핀 언덕 포근하고
산골 장터에 산들바람 불어 주막집 깃발 나부끼네.

봄빛을 자식 사랑하듯 끔찍이 아끼고
기이한 경치를 스승 찾듯이 안 간 데 없이 찾아가네.
꽃다운 철에 어울리도록 멋진 일을 하지 않으면
뜬 인생에 언제나 이맛살 한번 펴보랴.

尋春 심춘

旦放跛驢任所之 단방파려임소지　　肖囊只許小奚隨 초낭지허소해수
江村暖日蒸花塢 강촌난일증화오　　山市輕風颭酒旗 산시경풍점주기
甚惜韶光幾愛子 심석소광기애자　　窮探異境劇尋師 궁탐이경극심사
儻無勝事酬佳節 당무승사수가절　　何日浮生得展眉 하일부생득전미

✿ 영조 대의 문인 혜환惠寰 이용휴李用休(1708~1782)가 봄철에 나들이
한 뒤 감상을 썼다. 봄볕이 따뜻한 어느 날 아침, 나귀를 타고 문을 나
섰다. 나귀 하나에 아이 하나를 동반한, 단출한 상춘객의 모습이다.
나귀는 주인의 마음을 알아차리고 아름다운 풍경을 곧잘 찾아간다.
꽃이 흐드러지게 핀 강 언덕에서 봄볕을 쬐고, 흔들리는 깃발을 보고
찾아간 산골 장터 주막집에서 술 한 잔을 걸쳤다. 봄빛을 무척이나 아
껴 특별한 경치를 빼놓지 않고 보려고 무던히도 애쓴다. 자식 사랑보
다, 스승에 대한 갈구보다 더 심하다. 왜 이렇게 봄철마다 봄빛을 찾
아다니느냐고 묻는 이가 있거든, 아름다운 계절에 맞는 특별하고도
멋스러운 일이라도 벌이지 않으면 이맛살 찌푸리는 일들로 가득한 뜬
구름 같은 인생을 견디며 살아가기가 어렵다고 대답하리라.

시인

신광수

골짜기 어귀에 복사꽃 피어
앞마을 이웃집들 눈이 부시네.
시인이 내키는 대로 가 보았더니
봄 새는 제철 만나 지저귀누나.
세상길은 한 해 한 해 바뀌어 가도
천기天機는 하루하루 생기가 돋네.
저녁 바람 흰머리에 불어오는데
냇가에서 흥분을 가누지 못하네.

詩人 시인

谷口桃花發 곡구도화발　南隣照眼明 남린조안명
詩人隨意往 시인수의왕　春鳥得時鳴 춘조득시명
世路年年改 세로연년개　天機日日生 천기일일생
晚風吹白髮 만풍취백발　川上不勝情 천상불승정

❀ 영조 대의 저명한 시인 석북石北 신광수申光洙(1712~1775)가 충청도 한산의 숭문동崇文洞에 머물 때 지은 시다. 복사꽃 활짝 피어 눈부신 세상이 되면 누군들 들로, 산으로 꽃구경 가고 싶지 않으랴. 시인이 사는 마을에도 복사꽃이 피고 있다. 들썩이는 기분을 못 이겨 발길 가는 대로 꽃을 구경하는데, 제철을 만난 새들의 흥겨운 지저귐이 들려온다. 자연의 생명들은 세상사가 험하게 변하든 말든 아랑곳하지 않고 활기차게 되살아나고 있다. 저녁 무렵 바람이 머리카락을 흩뜨리는 냇가에 서서 들녘을 바라본다. 그때 가슴에서 뭉클한 감정이 솟구쳐 도저히 억누를 길이 없다. 봄날의 찬란한 활기에 가슴 벅차오른 시인의 뒷모습이 보인다. '복사꽃'이 아닌 「시인」으로 제목을 붙인 이유다.

차를 끓이다

정내교

봄 강물이 불어나서 모래밭에 넘쳐 나니
한가롭게 신을 신고 전원으로 나가 보네.
마을은 깊어 고목이 둘러 에워쌌고
산은 외져 오솔길이 구불구불 나 있네.

산골에도 풍년 들까 마음 제법 흔쾌하여
이웃 사는 벗들하고 살아갈 일 털어놓네.
해가 길어 수풀 아래 책 읽기가 딱 좋으니
찬 샘물을 길어다가 좋은 차를 끓이네.

得茶字득다자

春水初生漲岸沙춘수초생창안사　閒來着屐向田家한래착극향전가
村深古木周遭立촌심고목주조립　山僻行蹊繚繞斜산벽행혜요요사
頗喜峽居逢樂歲파희협거봉낙세　每從隣友說生涯매종인우설생애
日長正好林間讀일장정호임간독　汲得寒泉煮茗茶급득한천자명다

✽ 영조 대의 저명한 시인 완암浣巖 정내교鄭來僑(1681~1759)가 이십대 후반에 지었다. 불어난 물에 강변 모래밭이 잠겼다. 봄이 왔음을 알리는 소식이다. 나막신을 신고 봄볕을 받으며 들판으로 나갔다. 고목이 사방을 둘러싼 마을은 더 깊숙이 숨은 듯하고, 오솔길도 구불구불 나 있어 산이 한결 외져 보였다. 올해는 농사가 잘될 듯한 기분이 들어 들뜬 마음에 벗들과 하고 싶은 일에 대해 이야기하며 수다를 떨었다. 해가 길어져 나무 밑에서 책을 읽기가 좋다는 것이 가장 반가웠다. 서둘러 샘물을 길어다 차를 끓여 마시며 마음껏 책을 읽어야겠다.

송화

임억령

사월이라 송화 피어
잎잎마다 노란 색깔
산바람이 흩어 버려
뜨락 가득 향기롭다.

술에 섞어 담근다고
이웃들아 웃지 마라.
이게 바로 산 늙은이
노쇠 막는 처방이다.

松花 송화

四月松花葉葉黃 사월송화엽엽황　　山風吹散一庭香 산풍취산일정향
傍人莫怪和新釀 방인막괴화신양　　此是山翁却老方 차시산옹각로방

✿ 명종 대의 저명한 시인 석천石川 임억령林億齡(1496~1568)이 쓴 시다. 늦봄에서 초여름으로 넘어가는 음력 4월이면 온 산에 송홧가루가 날리고, 산바람이 송홧가루를 실어다 집 안팎을 노랗게 물들인다. 임억령은 그 송화를 털고 거두어 술을 담글 때 섞었다. 한가롭게 객쩍은 짓을 한다며 남들이 비웃을 것도 같지만, 무료함도 달랠 겸 송화를 섞어 술을 담갔다. 그 술에 굳이 이름을 붙이자면 '송화주松花酒'다. 향이 독특한 술이지만 보릿고개 때 허기를 채우는 요깃거리 구실도 했다. 남들에게는 술꾼의 가당찮은 변명처럼 들려도 내게는 무병장수의 오묘한 처방이니 뭐라 하지 마라.

여름밤 마루에서

이응희

한여름이라 무더위에 시달려도
밤 되면 마루 앞에 멋진 풍경 찬란하네.
구슬이 빠졌나 별이 시냇물에 비치고
황금이 새는 듯 달빛이 안개를 뚫네.
이슬이 무거워 매화나무는 넋마저 촉촉하고
바람이 서늘하여 대나무는 악기를 연주하네.
오래 앉아도 함께 구경할 벗이 없어
그윽한 흥취를 시 속에나 풀어내네.

夏夜山軒卽事 하야산헌즉사

盛夏苦炎熱 성하고염열　宵軒美景姱 소헌미경과
珠涵星照澗 주함성조간　金漏月穿霞 금루월천하
露重梅魂濕 노중매혼습　風凄竹韻多 풍처죽운다
坐來無共賞 좌래무공상　幽興屬吟哦 유흥속음아

❀ 인조 대의 시인 옥담玉潭 이응희李應禧(1579~1651)가 한여름 밤에 시를 한 수 지었다. 혼자만 누리는 행복을 표현하고 싶어도 곁에 자랑할 친구가 없으니 시에 풀어낼 수밖에 없었다. 다들 무더위에 고생하는 여름철, 밤만 되면 산골 집 마루에는 별천지가 펼쳐진다. 마루에 앉아 있으면 앞 시냇물에 별빛이 박혀 마치 진주가 빠진 듯하고, 밤안개를 뚫고 쏟아지는 달빛은 하늘에서 황금이 새어 나오는 느낌이다. 이슬이 짙게 내려 나무 등걸이 촉촉하니 매화의 넋까지 젖었을 테고, 바람이 선선하게 불어오니 대나무숲 바람 소리가 멋진 악기 연주처럼 들린다. 마루에 앉아 풍경을 바라보노라면 더위는 어느 순간 사라져 한여름이란 말이 무색하다. 시골 사는 맛이 이런 게 아닌가 싶다.

한가로운 거처

이하곤

한가해지자 이끼 빛깔 한결 푸르고
낮잠을 깨자 매미 소리 더 서늘하다.
쓸쓸하여 안석에 기대앉았더니
적막한 게 선방이 따로 없구나.
산수가 시름을 잊게 하는 물건이요
문장이 늙음을 물리치는 처방이군.
마음에는 담아둔 일 하나도 없어
그윽한 맛이 차 맛처럼 길고 길어라.

閑居 한거

苔色閑來碧 태색한래벽　蟬聲睡後凉 선성수후량
蕭然聊隱几 소연요은궤　寂爾卽禪房 적이즉선방
山水忘憂物 산수망우물　文章却老方 문장각로방
心無關一事 심무관일사　幽味似茶長 유미사다장

❋ 숙종 대의 저명한 문인 담헌澹軒 이하곤李夏坤(1677~1724)은 어느 무더운 여름 하루를 호젓하게 보냈다. 한가로울 때는 평소와 다른 감각이 살아난다. 이끼조차 더 푸른 빛깔이 되고, 낮잠에서 깨자 매미 소리가 더 시원스럽게 들린다. 할 일이 없고 찾는 이도 없어 선방처럼 집 안이 적막하다. 쓸쓸할 때는 안석에 비스듬히 기대어 산과 물을 바라본다. 남들은 술로 시름을 잊지만 내게는 산수가 망우물忘憂物이다. 무료할 때는 글을 읽는다. 남들은 불로장생을 바라고 약을 먹지만 내게는 독서가 그것보다 나은 처방이다. 오늘따라 짐스럽게 마음을 짓누르는 일이 하나도 없다. 차 맛을 음미하듯 한가로운 맛이 호젓하기만 하다.

늦게 일어나서

강준흠

새가 지저귀는 소리 빗물처럼 쏟아져
일어나 보니 창문이 먼저 환해졌다.
여리던 나물은 봄 지나서 부드럽고
둥근 연잎은 수면과 나란하다.
밥상에는 새벽시장에서 나눠 온 고기가 올라왔고
거처하는 방에서는 높은 성곽이 마주 보인다.
세수하고 머리 감고서는 역사책 읽기가 제격이라
빈 마루를 깨끗하게 청소하였네.

晏起遣興안기견흥

鳥聲落如雨 조성낙여우   人起戶先明 인기호선명
細菜經春軟 세채경춘연   圓荷與水平 원하여수평
盤飱分早市 반효분조시   居處面高城 거처면고성
洗沐宜看史 세목의간사   空堂灑掃淸 공당쇄소청

❀ 순조 대의 문신이자 서예가인 삼명三溟 강준흠姜浚欽(1768~1833)이 일기를 쓰듯이 생활을 읊었다. 쏟아지는 빗물 소리처럼 울어대는 새들의 지저귐에 늦잠을 깼다. 창문이 환하다. 어제까지는 일찍 일어나 어둠을 몰아내려고 호롱불을 켠 뒤 세수하고 공부를 시작하면 그제야 새가 울어댔다. 오늘은 습관이 깨져 늦게 일어났더니 온몸의 감각이 낯설다. 텃밭의 나물은 부드럽고 수면 위에 넓게 퍼진 연잎도 눈에 들어온다. 밥상에 올라온 반찬도 새롭고, 늘 마주 보던 성곽도 오늘따라 유난히 또렷하다. 세수하고 머리도 감고 나니 온몸이 개운하다. 아무도 없는 마루까지 깨끗이 청소해 깨져 버린 리듬을 되살려 놓은 다음 역사책을 읽어야겠다. 늦잠을 자고 일어났더니 하루의 시작이 어색하다.

국화 앞에서

신위

벗이 있어 함께 술잔 기울여야
그게 정말 제격이나
벗이 없어 홀로 술잔 기울여도
좋지 않다 못 하리라.

술병이 바닥을 보이면
노란 꽃이 비웃을까 봐
책을 먼저 잡히고
또 옷을 잡히러 보내네.

菊국

有客同觴固可意유객동상고가의　無人獨酌未爲非무인독작미위비
壺乾恐被黃花笑호건공피황화소　典却圖書又典衣전각도서우전의

❀ 순조 대의 시인 자하紫霞 신위申緯(1769~1845)가 1839년 국화를 앞에 두고 열네 수의 시를 지었다. 가을이 짙어 갈수록 "눈앞에 펼쳐진 풍경 가운데 시에 어울리지 않는 사물이 없다(안전무물불의시眼前無物不宜詩)." 노랗게 핀 꽃을 보고 있자니 일흔한 살 시인에게 흥분과 낭만의 감정이 물씬 일어난다. 멀리했던 술이 간절하다. 뜻이 맞는 친구가 있어야 술맛이 나는 법. 오늘은 국화가 술친구다. 한 잔 두 잔 기울이다 보니 술병이 벌써 바닥을 보인다. 그만 마신들 누가 뭐라 하겠냐마는 멋이 없다느니, 이젠 늙었다느니 국화가 핀잔을 늘어놓을 것만 같다. 에라, 모르겠다. 책이든 옷이든 전당포에 잡혀서라도 마시자. 오늘은 국화에게 졌다. 무덤덤하게 지내 온 일상이 요란하게 깨진 것은 국화 탓이다.

정릉에서 친구에게

이만용

이런 곳에 작은 초가집 짓고 산다면
그게 바로 부생浮生에서 늙음을 막는 방법이지.
사시사철 솔향기 풍겨서 여름 더위를 식혀 주고
하루라도 계곡 물소리 들으면 십 년은 더 살겠군.

그윽한 새는 사람을 만나도 울 줄을 모르고
잡초들은 다들 예불에 쓸 향기를 품고 있네.
한직에 뒤처진 신세가 깨끗한 복이거니
나중에도 이곳에 머문 것을 잊지 말게나.

貞陵齋舍 與申寢郎錫寬作 정릉재사 여신침랑석관작
此間能築小茅堂 차간능축소모당   便是浮生却老方 편시부생각로방
松氣四時三夏少 송기사시삼하소   溪聲一日十年長 계성일일십년장
幽禽不解逢人語 유금불해봉인어   雜草皆含禮佛香 잡초개함예불향
寄在郎潛爲淨福 기재낭잠위정복   異時玆境莫相忘 이시자경막상망

314

✿ 19세기 전반의 시인 동번東樊 이만용李晩用(1792~1863)이 쉰 살 무렵에 썼다. 서울 성북동 정릉에서 일하는 친구를 찾아갔다. 능참봉으로 근무하는 친구는 출세한 남들보다 뒤처진 신세를 하소연했다. 그러면 위로를 해야겠다. 그런 소리 말게. 출세한 이들이 번잡한 도회지에서 업무에 시달릴 때 이렇게 경치 좋은 데서 한가롭게 지내잖나. 사시사철 풍겨 오는 솔향기는 무더위를 물리치고, 하루라도 계곡 물소리 들으면 수명이 10년은 연장되겠네. 남들은 수명을 줄일 때 자네는 수명을 늘리는군. 새가 사람을 겁내지 않고 잡초도 귀한 향기를 품은 이런 곳에서 근무하는 것은 실로 청복淸福을 누리는 걸세. 훗날 출세하더라도 이곳에 머물렀던 사실을 잊지 말게나. 한직에 머물러 있는 것, 그게 도리어 인생의 행복일 수 있네.

들사람

나열

들사람이라 농사철이 무척 소중하여
일찍 일어나 사립문 열고 나섰더니
짙은 안개 뚫고서 산중턱은 솟아올랐고
새벽별 사이로 까치는 짝지어 난다.

삼이며 벼는 키를 재며 무성히 자라고
마누라와 자식들은 함께 나와 일을 한다.
밭고랑 사이에서 풀이 언뜻 움직이더니
메뚜기가 풀쩍 뛰어 옷자락에 가득하다.

野人 야인

野人重農節 야인중농절　　早起開柴扉 조기개시비
清霧半峯出 청무반봉출　　晨星雙鵲飛 신성쌍작비
禾麻爭彧彧 화마쟁욱욱　　妻子共依依 처자공의의
乍動田中草 사동전중초　　皁螽跳滿衣 부종도만의

✿ 정조 대의 명사 주계朱溪 나열羅烈(1731~1803)이 농촌 생활을 묘사했다. 뙤약볕에 곡식이 한창 무르익는 계절이다. 농부는 철을 어기는 법이 없다. 일찍 일어나 밖을 나서니 새벽안개 속에 산봉우리가 솟아 있고, 지는 별 사이로 까치가 난다. 일터로 가면서 농부가 잠깐 즐기는 산수 감상이다. 하지만 그것은 사치요, 허영이다. 농부에게는 들녘 여기저기서 다투듯이 자라고 여무는 곡식이야말로 진정한 감상거리다. 처자식과 함께 만들어 가는 예술이다. 땅에 붙어 일하는 들녘이 너무 적막하고 심심해서일까. 메뚜기들이 풀쩍 뛰어 옷깃에 가득 달라붙는다. 허리를 펴고 하늘을 쳐다볼 때다. 작은 파장이 스치고 지나간 들녘에 말없는 노동이 이어진다.

청회 여관

조경

벽을 뚫어 문을 내고 처마는 땅에 닿고
콩알만 한 여관방에 겨우 몸을 들여놨네.
평생토록 긴 허리를 굽히려 안 했건만
지난밤은 다리 한 짝 뻗기조차 어려웠네.

쥐구멍으로 연기 들어와 칠흑처럼 어두운 데다
작은 창은 꽉 막혀서 새벽빛이 못 들어오네.
그래도 옷 젖는 일은 모면하게 되었으니
떠나면서 은근하게 주인에게 인사하네.

清淮旅舍 청회여사

穿壁爲門簷着地 천벽위문첨착지　室中如斗僅容身 실중여두근용신
平生不欲長腰折 평생불욕장요절　今夜難謀一脚伸 금야난모일각신
鼠穴煙通昏似漆 서혈연통혼사칠　甕窓茅塞本無晨 옹창모색본무신
猶能免我衣沾濕 유능면아의첨습　臨別殷勤謝主人 임별은근사주인

318

❋ 인조와 효종 대의 문신 용주龍洲 조경趙絅(1586~1669)이 여행 도중에 청회역 근처의 허름한 주막에서 하룻밤을 묵었다. 청회역은 경기도 진위에 있었다. 묵고 싶은 마음이 들지 않는 비좁고 허름한 주막이다. 아니나 다를까. 방 안에 겨우 들어갔더니 사지를 뻗기조차 힘들다. 한평생 남에게 굽혀 본 적 없는 뻣뻣한 허리도 이 집에서는 통하지 않는다. 쥐구멍에서 연기가 새어 나와 너구리굴이 되는 것도 모자라, 겨우 달린 창문은 막혀 있어 빛조차 들어오지 않는다. 어서 떠나고 싶지만 이 방에서는 새벽이 올 것 같지 않다. 그래도 한뎃잠 자지 않은 게 어디냐며 "하룻밤 잘 잤소이다"라고 인사한 뒤 길을 떠난다. 언짢아하고 화낸들 무슨 소용이랴. 새우잠을 잔 과객의 헛헛한 푸념이 들려오는 듯하다. 먼 옛날 작은 역마을의 주막집 풍경이다.

상고대

정약용

강가의 천 그루 만 그루 나무
하룻밤새 모조리 백발노인 되었구나.
같은 기를 받아선지 다 함께 어울리고
거장의 솜씨라서 조각도 빼어나네.
솜처럼 하얗게 바람결에 흔들리고
한기에 시린 가지 햇살 받아 붉구나.
물러나 늙을 몸이 세상에 보탬 될까?
깊숙이 틀어박혀 풍년이나 즐겨 보자.

詠木氷 영목빙

江邊千萬樹 강변천만수　一夜盡成翁 일야진성옹
投合緣同氣 투합연동기　雕鏤賴鉅工 조수뇌거공
輕搖風絮白 경요풍서백　寒透日華紅 한투일화홍
退老身何補 퇴로신하보　深居樂歲豐 심거낙세풍

❀ 다산茶山 정약용丁若鏞(1762~1836)이 마흔 살 무렵 늦겨울에 경기도 양평군 양수리 집에서 읊었다. 이른 아침 밖에 나와 보니 하룻밤새 나무가 모조리 백발노인이 되었다. 강가라서 상고대가 자주 나타나지만, 나무마다 온통 같은 빛깔로 기기묘묘한 형상을 하고 있다. 조물주의 위대함이 절로 느껴진다. 그런데 그것도 잠시. 바람결에 흔들리고 한기까지 든 가지들을 보자 연민의 감정이 일어난다. 상고대를 보고 있자니 이제부터 세상에서 조용히 물러나 사는 법을 배워야겠다는 생각이 든다. 이 시는 정조의 국장을 치른 직후에 지었다. 옛날에는 상고대를 목빙木氷이라 부르며 좋지 못한 징조로 여겼다. 슬픔과 불안, 우울함이 상고대의 풍경에 깊이 투영되어 있다.

울치재

김종직

한 해에 울치재를 다섯 번이나 넘었어도
절정에 오를 때마다 기분이 들떠 오르네.
소나무와 삼나무, 원숭이와 학까지 낯이 익었고
바람은 쏴아 불어 내 옷자락 풀어헤치네.

푸른 바다 기울여서 금 술잔을 가득 채우고
태백산 아래 수많은 산 안주로 삼고 싶구나.
마부는 말고삐 잡고 어째 그리 안달하나.
내가 훌쩍 뛰어 별을 뚫을까 봐 걱정하나 보다.

西泣嶺 서읍령

一年五踰西泣嶺 일년오유서읍령　每凌絶頂神飛揚 매릉절정신비양
松杉猿鶴盡相識 송삼원학진상식　天籟嘈嘈披我裳 천뢰조조피아상
要傾滄海崇金罇 요경창해숭금준　太白諸山爲飣餖 태백제산위정두
僕夫控馬何勤渠 복부공마하근거　疑余騰趠攬星宿 의여등초람성수

❋ 성종 대의 문신 점필재佔畢齋 김종직金宗直(1431~1492)이 경상도 병마평사兵馬評事로 일하던 1467년 여름 각지를 순찰할 때 지었다. 영양군에 있는 고개 서읍령은 높기도 하고, 관리에게 수탈당한 백성들이 울며 넘었다고 해 울치재라는 이름으로도 불렸다. 울치재를 자주 넘자니 고생이 말이 아니다. 그래도 이 고개만 오르면 신이 난다. 모든 것이 익숙해진 고개 위에 섰더니 시원한 바람이 옷깃을 마구 날린다. 호쾌한 기분 끝에 동해를 술잔에 따르고 고개 아래 산들을 안주 삼아 마음껏 마시고 싶다. 그런데 웬일인지 말을 끄는 마부가 안절부절못하고 있다. 오라! 내가 별이라도 뚫고 하늘로 솟구칠까 봐 걱정되나 보구나. 그렇게 호쾌하게 흥분해도 좋을 장소와 때가 인생에서 얼마나 되랴.

홍류동을 나오며

조긍섭

바위 위에 여기저기
검고 붉은 먹물 글씨
산 위에는 하루하루
비 뿌리고 바람 부네.

인생에는 본래부터
이름 남길 곳 있나니
날다람쥐 숲과 굴은
그런 데가 아니라네.

出紅流洞 출홍류동

石面紛紛墨間紅 석면분분묵간홍   山頭日日雨和風 산두일일우화풍
人生自有傳名處 인생자유전명처   不在鼪林鼯穴中 부재생림오혈중

❀ 구한말 영남의 저명한 유학자 심재深齋 조긍섭曺兢燮(1873~1933)
이 가야산 해인사의 홍류동 계곡을 찾았다. 홍류동은 계곡이 깊고 길
며 풍광이 수려해 예로부터 지금까지 명승지로 널리 알려진 곳이다.
물소리를 들으면서 계곡의 풍광을 즐기던 조긍섭은 이맛살을 찌푸렸
다. 절벽이든 계곡이든 빈 곳만 있으면 크고 작게 이름들을 새기고,
붉거나 검게 먹물을 들여 놓았다. "나 아무개는 이 명승을 왔다 가노
라!"라고 증언하는, 수백 년의 세월을 겪은 각자刻字다. 거창하게 글
자를 새겨 후세에 이름을 남기려는 욕심의 서툰 흔적은 아름다운 풍
광만 더럽힐 뿐이다. 이름은 날다람쥐 소굴인 산중의 바위가 아니라
사람들의 마음에 새기는 것이다. 통일신라 말기의 학자 최치원崔致遠
(857~?)은 이름 각자를 남기지 않았어도 홍류동의 명사로 유명하지
않은가! 그리 서툰 흔적을 남기는 것은 자기 존재를 알리는 올바른
방법이 아니다.

내 자랑

안정복

영장산 한 자락이 내가 사는 마을이니
오십 평생 내 맘대로 호화롭게 즐겼어라.
산골에 뿜는 폭포수는 웅장한 대취타요
숲을 감싼 새소리는 생황의 연주일세.

봄 산은 기생인 양 꽃비녀를 꽂았고
가을 단풍은 멋진 누각의 비단 장막이러라.
박복한 관상이라 말하지 마라.
한량없는 청복을 누려 내가 봐도 자랑스럽다.

自矜 자긍

靈長一麓是吾鄉 영장일록시오향   獨擅豪華五十霜 독천호화오십상
噴壑瀑流臧鼓吹 분학폭류장고취   繞林禽韻奏笙簧 요림금운주생황
春山妓女花鈿擁 춘산기녀화전옹   秋葉綺軒錦幕張 추엽기헌금막장
莫道書生骨相薄 막도서생골상박   自矜淸福享無疆 자긍청복향무강

❀ 정조 대의 학자 순암順庵 안정복安鼎福(1712~1791)은 경기도 광주시 경안면에 있는 영장산 아래서 살았다. 오십 평생을 한적한 산 밑에 살면서 자기만큼 사치와 호사를 누린 사람은 없다며 허세 가득한 자랑을 잔뜩 늘어놓는다. 골짜기로 뿜어져 나오는 폭포수는 서울에서나 들을 수 있는 웅장한 대취타大吹打와 다름없고, 숲에서 들려오는 새소리는 고상한 생황 연주 그 자체다. 봄철의 산은 꽃비녀를 꽂은 아름다운 기생이고, 단풍에 물든 가을 산은 화려한 난간에 펼쳐 놓은 비단 장막이다. 서울 사는 고관과 부자는 큰 잔치에 가서 멋진 음악을 듣거나 화려한 저택에서 기생을 끼고 즐긴다. 그들에 비해 모자란 것이 하나도 없다. 박복해 벼슬 한자리 못 하고 촌구석에 처박혀 산다고 비꼬지 마라! 청복을 마음껏 누리는 내가 저들보다 훨씬 낫다. 나는 내가 자랑스럽다.

다행히도 재주 없어 나만 홀로 한가롭다
- 안대회가 선택한 152편의 한시

지은이 안대회
펴낸이 윤양미
펴낸곳 도서출판 산처럼

등 록 2002년 1월 10일 제1-2979
주 소 서울시 종로구 사직로8길 34 경희궁의 아침 3단지 오피스텔 412호
전 화 02-725-7414
팩 스 02-725-7404
E-mail sanbooks@hanmail.net
홈페이지 www.sanbooks.com

제1판 제1쇄 2019년 1월 5일

값 16,000원

ISBN 978-89-90062-88-8-03810